Catherine Bacos

Enigmes de l'enfance

récit

suivi de

J'écrirai tes souvenirs

recueil de témoignages

2017 - 2018

© 2019, Bacos, Catherine
Edition : Books on Demand,
12/14 rond-Point des Champs-Elysées, 75008 Paris
Impression : BoD - Books on Demand, Norderstedt, Allemagne
ISBN : 9782322185870
Dépôt légal : octobre 2019

Enigmes de l'enfance récit

Le héros silencieux

Les difficiles lectures

Les souffrances du soleil d'été

Tous savoyards !

Une étrange visite

Et si nous étions juifs ?

Dans les bras de la FNDIRP

Je n'en avais pas fini avec les camps allemands

Les Allemands envahissent la maison !

La Dordogne clef du mystère

Quand enfin la parole se libère

Le héros silencieux

Les silences de mon père ont bercé ma jeunesse. L'omerta pesait comme une chape de plomb sur ses souvenirs, tout particulièrement ceux de déportation pendant la deuxième guerre mondiale. Par contagion, un silence assourdissant envahissait toute la vie de famille. Les silences paternels avaient vaincu ma mère d'une nature pourtant volubile. Les enfants aussi étaient atteints : chacun se repliait dans sa bulle. Les conversations étaient rares. Nous vivions sans parole comme des poissons dans un aquarium. Le silence avait envahi tous les secteurs de notre vie familiale.

Pour entendre et écouter je me mis à chercher la musique, mais elle se cachait. J'allais souvent visiter un petit meuble où dormaient de nombreux disques que personne n'écoutait. Pour la petite fille que j'étais c'était une énigme inquiétante. La musique et le bonheur avaient probablement existé avant mon arrivée dans cette famille. Bach, Grieg, Chopin mais aussi Line Renaud, Bourvil, des airs de flamenco et des chansons enfantines attendaient désespérément d'être implantés sur le tourne-disque de l'époque. J'ai écouté ces vinyles toute seule à dix ans, et oui vraiment la joie était bien là dans les sillons... Mais cette musique ne m'était pas destinée. Sans doute suis-je arrivée trop tard.

A la fin des années cinquante, je fus la cinquième enfant, « pas vraiment désirée » m'a expliqué ma mère. Juste tolérée. « *Marie-Pierre* » a été mon deuxième et dernier prénom. Je suis donc bien incontestablement la fille de Pierre et peut-être d'une certaine Marie de passage. Mais de toute évidence, je ne suis pas la fille de ma mère : c'est écrit. Elle m'expliqua assez tôt les médicaments pris en 1957 pour tenter d'éliminer l'œuf que j'étais « mais cela n'a pas marché » conclue-t-elle l'air déçu. Comme pour se consoler elle me raconta en détails l'avortement réussi dans de très bonnes conditions en Suisse deux ans après ma naissance, en 1959. Cette maman ne voulait pas cinq enfants, cela peut se comprendre. Elle ne me voulait pas, c'est une évidence, mais moi je suis quand même arrivée telle une survivante. A ma naissance sa seule satisfaction fut de découvrir que j'étais une fille. Après deux garçons ma féminité lui permit de m'accepter un peu, de me tolérer et de m'offrir parfois quelques gouttelettes d'affection. Voilà sans doute pourquoi depuis toujours j'ai l'impression d'être la fille exclusivement de mon père qui m'aurait conçue seul comme un hippocampe ancestral tandis que ma mère se serait efforcée de tolérer ma présence intempestive.

Juste tolérée, oui c'est ça …si je me tenais « bien à carreau » je serais tolérée dans cette étrange famille. Seul mon père semblait avoir souhaité mon existence. Cela consolida mon Oedipe et m'encourageait à guetter sa compagnie rassurante. Mais souvent il se taisait... je décryptais donc chacune de ses attitudes et en recueillais souvent calme et bienveillance.

Dans cette curieuse embarcation familiale, ils étaient six à m'indiquer le monde. Mes parents ainsi que deux grandes sœurs et deux grands frères. Ma sœur aînée fut pour moi un modèle, un substitut de maman, je l'adorais. Elle devait s'occuper de moi, ce qui me réjouissait car je ressentais sa vraie gentillesse. Mon père fut un port d'attache solide mais par intermittence et en silence. Son attention pour moi se révélait notamment au cours de nos nombreuses balades en montagne.

Très tôt j'ai su qu'il fallait ne pas trop parler, être sage, se faire oublier pour exister dans cette famille insolite. Je le fis en nourrissant une rébellion souterraine et passais mon temps à observer, observer tout ...le global et le détail. Je pris goût à l'exercice. C'est ainsi, qu'assez tôt sous les apparences d'une petite fille timide, j'eus des idées très précises sur ce que je voulais faire et ne pas faire plus tard. Sans bruit, je choisissais les comportements à imiter et rejetais sans appel ce qui m'apparaissait comme de vulgaires méchancetés.

Assez vite je compris que les autres enfants de cette famille avaient priorité sur moi. « *Les grands* » stimulaient l'intérêt des parents et « *la petite* » devait rester silencieuse comme un objet mignon dénué de toute pensée. Dès que je sus lire, les livres vinrent meubler ma drôle de solitude dans cette famille nombreuse. Les mariages de mes deux sœurs ainées, lorsque j'avais dix et onze ans, remplirent tout l'espace. Ensuite mes deux grands frères occupèrent l'affiche par leurs exploits sportifs montagnards, leur scolarité, leurs bêtises. Donc en ne faisant pas trop de bruit, en me faisant oublier j'allais profiter d'une certaine liberté fragile. J'avais souvent mal au ventre sans raison apparente. Je stressais et somatisais mais ne le savais pas encore.

Ma mère était un rare refuge lorsque mon père était plongé dans son silence hermétique. Nous étions très dissemblables. Elle, beauté brune, oeil sombre peau mate, nez pointu, toute en angle et cascade de rires sonores. Moi timidement blonde, toute en courbes, regard inquiet, œil clair, peau à coups de soleil. Je n'ai pas le moindre souvenir d'un câlin avec cette maman-là. Mon père, ce silence ambulant, je l'aimais sans savoir. Il était mon repère, mon héros statufié, muet comme le marbre. Je devais bien lui ressembler un peu puisque j'étais si différente de ma mère. Mais ressembler à une énigme est assez étrange et peu structurant.

J'ai grandi malgré beaucoup d'incompréhension, de nombreuses confusions et de multiples interrogations sur le passé de mon père. Il m'apparaissait tel un Sphinx aphasique, je n'osais questionner. Il m'impressionnait, ses silences me faisaient peur parfois sans raison. Mon père ne parlait jamais de lui, de ce qu'il aimait, de ce qu'il ressentait. « Que pense-t-il ? m'a - t - il vue ? » Mais bien sûr je l'aimais. Sans doute était-il un héros mais je ne savais pas précisément de quoi. Sa parole rare était toujours didactique, elle décrivait expliquait, mais n'exprimait jamais d'impressions ou ressentis personnels. Son expression toujours claire précise efficace, transmettait le savoir. Il aimait l'école…j'aimais l'école…apprendre découvrir écouter observer furent les chemins incontournables de ma quête de l'amour paternel.

Malgré une certaine froideur apparente, ce père savait être patient gentil et bienveillant. L'hiver à la montagne c'est lui qui passait chaque soir dans la chambre s'assurer que la température était suffisante pour notre sommeil, à mon frère et moi. Comme un rituel quotidien du soir, il posait rapidement sa main sur le radiateur pour en vérifier la bonne chaleur puis doucement caressait quelques secondes notre front. J'aimais ce geste bref et tendre à la fois. A sa manière, il veillait sur nous, il veillait sur moi.

L'été, lorsque « tous les autres » étaient partis randonner en montagne juste avant l'aube, lui me réveillait plus tard, au petit matin, et m'emmenait marcher à mon rythme de petite fille. Il m'apprit alors à observer, ne pas trop parler, et trouver mon rythme de marche en écoutant mes pulsations cardiaques. Marcher en écoutant mon cœur…j'avais du mal à comprendre. Il m'expliqua que lorsque j'aurai trouvé ce rythme de marche alors je pourrai aller au bout du monde. En silence je m'appliquais à rechercher ce rythme du bout du monde. Cela occupait nos longues promenades matinales. La pente était rude alors je cherchais et cherchais encore ce rythme où l'on n'est plus essoufflé, au bout du monde. Très vite je compris l'importance de l'orientation du versant que nous montions. L'ombre matinale et sa fraîcheur bienveillante furent mes alliées pour la conquête du bout du monde. Les paysages somptueux, les odeurs délicieuses nous accompagnaient dans ces balades alpines. Un papa-héros-silencieux me guidait me protégeait. Le bout du monde n'était plus très loin, la pente du sentier était toujours aussi raide, mes pulsations cardiaques tambourinaient dans ma tête, mes tempes transpiraient. Telle une petite mule je posais une à une mes grosses chaussures de marche sur le chemin caillouteux. Un papa-héros-silencieux me guidait me protégeait.

L'hiver, nos promenades à skis étaient tout aussi belles et silencieuses. A chaque sortie nous faisions ensemble une évaluation systématique de la neige, toujours au même endroit sur un long dévers qui reliait deux versants. Si mes skis décelaient une neige trop glacée ou au contraire trop « soupe » je ronchonnais et mon père s'adaptait au rythme de mes craintes de petite fille. Au début des années soixante, l'équipement était sommaire, chaussures et skis trop grands récupérés de mes frères. Mais qu'importe. Lorsqu'ensemble, mon père et moi, nous convenions après les premiers contacts avec le sol que la neige était suffisamment ferme et moelleuse à la fois, nous nous élancions l'un derrière l'autre dans la pente. Même morphologie, même style. Nous dansions de larges boucles puis la vitesse s'accélérait. Face à la pente nous plongions avec délice dans les vallons. Toujours plus vite, le vent glisse sur les joues, les yeux larmoient un peu, les cuisses et les genoux avalent les bosses, les épaules vont chercher le vide face à la pente penchées en avant toujours et encore, les bras équilibrent l'ensemble, la joie augmente aussi rapidement que la vitesse. Tout est lâché je n'ai aucune appréhension et ne risque rien puisqu' un papa-héros-silencieux me guide et me protège ...

A cette époque je pensais que toutes les petites filles avaient un papa-héros-silencieux. Quelle ne fut pas ma surprise lorsque je découvris, quelques temps plus tard, chez mes copines, des papas-poules, loquaces, blagueurs, tendres, bavards. Mes neurones crurent d'abord à un court-circuit. Puis j'ouvris les yeux lentement. Mon cœur se serrait ; du fond de ma solitude je découvris, chez mes amies, la silhouette stupéfiante de papas causeurs qui bavardaient longuement et exprimaient leurs opinions leurs émotions. Je commençais à entrevoir les failles du premier homme de ma vie.

Ces silences paternels n'étaient donc pas universels.

Plusieurs décennies me seront nécessaires pour détricoter ce mythe du « papa-héros-silencieux » et accéder à la connaissance de la simple réalité paternelle. Les nombreuses phases de mutismes répétées de mon père tentaient sans doute d'éloigner à tout jamais les abominations qu'il avait endurées.

Ses souffrances, les horreurs subies pendant la déportation ont constitué un traumatisme qui n'a pas été pris en charge, n'a pas été accompagné psychologiquement après la guerre. Les survivants des camps à leur retour ont commencé par se taire. Il n'y avait personne pour les écouter. Et de toute façon qui les auraient crus ? Ce silence des survivants a duré plus de quarante ans. Tous les enfants de rescapés des camps de déportation peuvent témoigner de ce repli, ces silences énigmatiques qui ont accompagné leur enfance. Les enfants l'ignorent mais leurs parents torturés tentent sans doute d'oublier les douleurs du passé, la culpabilité d'avoir survécu, la crainte de ne pas être cru. Ces parents meurtris ont aussi probablement le souci de préserver leurs proches des récits d'horreur. Les enfants de survivants sont captifs de cette histoire que personne ne leur raconte mais qu'ils devinent dans une brume floue.

Certains vont vouloir savoir et chercheront par leurs propres moyens. Ce fut mon cas. Tel un puzzle épuisant, il m'a fallu de longues années pour reconstituer cette histoire, son histoire douloureuse de la résistance et de la déportation. Ma recherche enfantine et inorganisée commença dans les livres.

Les difficiles lectures

Très jeune je suis allée lire en cachette les livres sur la déportation qui se trouvaient dans la bibliothèque de mon père. Un ouvrage en particulier attirait mon attention. Petit livre sobre, artisanal, sur papier vaguement jauni, imprimé en 1947, il contenait une compilation de nombreux témoignages brefs et précis de déportés des camps de Buchenwald et Dora. La souffrance des corps la torture des chairs. Ces descriptions de souffrances physiques étaient insoutenables. Chaque témoignage tenait en quelques lignes, une page maximum. Les faits de cette barbarie infligée et subie étaient décrits en détail, de manière très factuelle, sans émotion. Seul un matricule identifiait son auteur. Témoigner, ne rien oublier. Compilation d'actes d'horreur, ce petit livre contribuait, à sa manière, au devoir de mémoire. Malgré les larmes qui noyaient souvent mes yeux durant ces lectures répétées je trouvais là une réalité brute qui me permettait de comprendre l'innommable ...comprendre ce dont on ne peut pas parler.

Au cours de ma douzième année un étrange livre m'arriva ; mon père me ramenait parfois le soir de jolis ouvrages que je lisais avec grand plaisir. Il passait la pause méridienne dans une librairie proche de son lieu de travail. C'est ainsi que tous ces beaux livres arrivaient jusqu'à moi lorsque mon père rentrait en fin de journée. Ces cadeaux témoignaient de sa gentillesse mais arrivaient sans raison, à n'importe quelle date. C'était à chaque fois une surprise énigmatique mêlée de joie. Pourquoi ce beau livre aujourd'hui ? J'appris beaucoup plus tard, que mon père, à cette époque, était très mal à l'aise avec ses nouveaux collègues parisiens. Déjeuner avec eux semblait une épreuve. Sur les conseils de ma mère, il s'évadait donc de temps en temps vers midi dans une belle librairie où il choisissait ces livres pour moi. Ces cadeaux littéraires inattendus avaient donc pour origine le malaise de mon père et les conseils de ma mère. Je l'ignorais à l'époque, et restais un peu coincée entre étonnement questionnement et plaisir de lire.

Le petit Prince de Saint Exupéry fut le premier livre de la série. J'en ressentis la poésie mais aussi un certain grincement ; la mort y était, pour moi, présente à chaque page.

Quelques semaines plus tard, un magnifique livre de contes du monde entier m'occupa durant des jours et des jours. Les illustrations y étaient merveilleuses. Le conte russe « Koshei l'éternel vivant » était mon histoire préférée : un abominable prisonnier, mi-humain mi-animal, était emprisonné derrière d'affreuses grilles dans une sombre geôle montagneuse. Enchaîné, il était maltraité. Plus la maltraitance était forte plus Koshei devenait fort et invincible…Je n'avais pas encore à l'époque le recul nécessaire pour décrypter l'éclairage psychologique de mon choix..

D'autres contes, notamment grecs et vietnamiens, me charmaient. Un prince glouton mourait de faim : plus il mangeait plus il avait faim. Un bateau de pierres flottait miraculeusement sur l'eau et sauvait une famille entière. Les fleurs et papillons magiques de l'extrême orient libéraient les malheureux. J'ai voyagé à travers toute la planète grâce à ce sublime livre mais aussi j'ai voyagé sans le savoir dans mes tourments cachés du moment : porte ouverte sur mes prochaines explorations. Les contes sont doux et nécessaires à l'âme enfantine …clefs psychanalytiques inconscientes ils autorisent les pensées, ouvrent des horizons…

D'autres livres-cadeaux sont arrivés : L'âne culotte d'Henri Bosco me fit découvrir la chaleur de la Provence et le lion de Joseph Kessel me transporta en Afrique. En 1969, Charlie et la Chocolaterie me passionna, je le relus de nombreuses fois.

Et soudain après tous ces nombreux livres charmants vient se glisser un titre énigmatique :

« Les femmes à Ravensbrück »

J'y découvre un recueil de témoignages de femmes déportées au camp de Ravensbrück. Sans aucune précaution et sans le moindre accompagnement mon père me laisse entrer dans ce livre d'horreur. Aucun doute la réalité est bien là. Il n'est plus question de fiction, d'imaginaire, de poésie. Cette lecture me coupait le souffle et raidissait tout mon corps. J'ai vécu ce livre comme une agression et culpabilisais de ne pas pouvoir achever la lecture de ce sinistre ouvrage.

Le plus difficile était l'absence de parole autour de cette lecture. Mon père essaya vainement de combler ses silences en me faisant un exposé précis concis, historique sur le camp de Ravensbrück. Mais il n'y avait pas place pour l'affect et l'émotion. Il ne parlait pas de lui il ne parlait pas de moi. J'écoutais sagement comme une « *lapetitedernière* » docile mais à l'intérieur de ma tête les larmes explosaient ; je criais, j'hurlais, je pleurais tout simplement mais personne ne l'a jamais su. Ce livre m'a effrayée et hantée toute mon adolescence. Le soleil noir de ma petite bibliothèque. La violence obligée de cette lecture imposée. Du moins l'ai-je cru.

Et puis un jour, enfin, ce livre je l'ai perdu.

Les souffrances du soleil d'été

Les étés de mon adolescence se passaient sous un soleil radieux dans les montagnes. A l'occasion de ces très chaudes journées du mois d'août, mon père portait un short qui laissait voir sur sa cuisse gauche une violente cicatrice large, profonde, compliquée. Je n'ai jamais osé lui demander l'origine de cette triste et éternelle blessure mais je savais qu'il s'agissait d'une trace de sa déportation. La plupart du temps vêtu d'un costume sombre, mon père ne se hasardait en short que lorsque la chaleur et le soleil d'été étaient au zénith. Etonnant contraste pour moi : cette terrible cicatrice n'apparaissait qu'aux plus beaux jours de l'été. Je connaissais l'histoire de la cicatrice sous sa mâchoire : une incision faite au Revier *(infirmerie)* du camp de Dora dans des circonstances désastreuses. Mais le traumatisme de sa cuisse gauche gardera à jamais son secret pour moi. Il suggère à mon imagination des morsures de chiens mais la réalité je ne la connais pas. Une seule certitude la douleur et la violence sont imprimées à jamais dans ces chairs meurtries et mal réparées.

Au mois d'août, à 1850 m d'altitude, à treize heures, mon père écoutait les nouvelles diffusées par un poste radio beige, héros du moment. Nous n'avions pas le choix avec ma mère et mes frères, et écoutions, donc, nous aussi religieusement les informations radiophoniques. Dans l'assiette il y avait souvent du melon. A travers les immenses baies vitrées du chalet les hautes montagnes superbes bleues et blanches nous protégeaient, les sapins d'un vert estival nous attendaient pour les jeux de l'après-midi. Mais l'heure était aux nouvelles...tout commençait par un bulletin de la météo marine. Mon père semblait y tenir. Je n'y comprenais rien et n'avais encore jamais mis les pieds sur un bateau. Mais j'aimais cette litanie insensée ...vent secteur sud force 3 à 5 beaufort *(le fromage ?)*, zone dépressionnaire mille huit hecto pascal se maintenant sur le sud de l'Irlande, *(qui est Pascal ? souvent dépressif ?)* , Viking, Dogger, German, Ouessant, le golfe de Gascogne...mer belle à peu agitée s'amplifiant agitée la nuit avec houle nord nord-ouest... tout ce charabia mystérieux me plaisait me mettait en joie ...la voix féminine qui égrainait ces infos nautiques était douce modulée, chantante, rassurante. Tous ces mots inconnus prometteurs de vagues et de voyages m'enchantaient. Cette météo marine au cœur des montagnes était comme un salut amical au monde entier. J'aimais ce délicieux rituel initiatique à la dégustation du melon.

Mais ce 21 août 1968 une lourdeur oppressante singulière s'invite dans les silences de mon père. J'ai onze ans, et le poste de radio, ce jour, diffuse un air de tragédie. PRAGUE est envahie meurtrie. Mon père et ma mère échangent quelques mots inquiets à voix basse. Et le poste de radio continue de plus belle Prague ceci Prague cela … Je comprends que Prague c'est très important et c'est tragique. Il y a des fusils et des morts. Cette lourdeur de l'âme de mon père je la connais bien. Prague a surement un rapport avec la déportation mais quel est ce lien ?

Je le découvrirai beaucoup plus tard à l'âge adulte. Un compagnon de déportation tchèque …

En attendant je repars dans la forêt toute proche finir une cabane et canaliser le ruisseau d'eau glacée qui nous enchante mon frère et moi. Mais j'ai le fantôme de Prague en bandoulière et je sais que je prendrai de ses nouvelles très bientôt après le message secret de la météo marine.

Il arrivait aussi fréquemment durant ces étés rayonnants de lumières alpines, que mon père m'affuble d'un drôle de petit nom. Il m'appelait « mein lieber koukouchinsky ». Cela arrivait sans prévenir et sans raison. Lorsqu'il me donnait ce surnom il y avait dans ses yeux de l'affection et de la désespérance à la fois. J'étais terrorisée par cette bouillie germano-russe qui peut être signifiait « mon cher petit coucou ». A l'époque je ne comprenais pas ce que cela voulait dire. Pourquoi me disait-il cela ? Je n'osais pas poser de question. En silence, je ressentais la grande affection et la détresse que mon père me témoignait lorsqu'il m'adressait ces quelques mots énigmatiques. Un effroi muet et irraisonné m'immobilisait. J'attendais en frémissant que ce « mein lieber koukouchinsky » s'éloigne. Encore aujourd'hui j'ignore la signification exacte de cette expression. Je suppose qu'il s'agit de mots échangés dans des circonstances de grand désespoir avec un autre déporté... russe peut être ou polonais ou autre ...

Au milieu de mes joies d'enfant dans cette montagne que j'aimais cet étrange surnom était pour moi une énigme. Une de plus ... La souffrance de mon père était palpable et me faisait peur. Je finissais par partir en courant rejoindre la forêt aux odeurs délicieuses de résine. Fragile refuge...Le ruisseau et les rochers tout proches me protégeaient de ce surnom incompréhensible et effrayant.

Tous savoyards !

Toute mon enfance se déroule en Savoie. Je suis venue au monde au début de l'été 1957 dans une « verte campagne » aux pieds des montagnes à Albertville. Guy Béart va bientôt chanter « la petite est comme l'eau, elle est comme l'eau vive ». A Albertville se mêlent les eaux de l'Arly et de l'Isère. Peu de temps après ma naissance mes parents font construire un petit chalet « là-haut sur la montagne » à 1850 m d'altitude au milieu de nulle part. La route qui y accède n'est pas encore goudronnée. Les sept individus de notre drôle de famille, entassés ensemble dans la voiture paternelle, montent chaque week-end vers les sommets prometteurs. La route est sinueuse : « mal au cœur » et oreilles bouchées nous plongent dans un coma nauséeux. Peu à peu nous gagnons en altitude, l'air se rafraichît. Soudain les premières neiges en hiver, les premiers glaciers en été nous ressuscitent. Les plus jeunes, dont je suis, sont excités de joie. Vite !!! arriver, sortir de ce maudit véhicule et partir courir dans tous les sens au cœur de cette immensité montagnarde, versants ouverts ensoleillés sans limite … liberté liberté chérie …

Notre chalet « Perce-Neige » a de très grandes baies vitrées. A l'intérieur on se sent comme à l'extérieur en pleine nature. Il n'y a aucune barrière ni dedans ni dehors. Là encore la liberté se respire partout.

L'hiver, c'est là que j'ai entendu les plus merveilleux silences. Après une lourde chute de neige qui durait parfois plusieurs jours, lorsque les gros flocons blancs ont fini d'étouffer toutes les surfaces et tous les arbres, un immense et long silence s'installe. Je sors et les fesses dans la neige j'attends le premier signe de vie, le premier petit cri d'oiseau. J'écoute ce silence immense profond total. Parfois un discret chuintement précède le premier oiseau. Une masse neigeuse glisse nonchalamment d'une branche de sapin. Mais il faut attendre longtemps, très longtemps avant que la forêt n'envoie un petit signe de vie, un son pour dire qu'elle n'est pas morte sous l'épaisse blancheur. Je patiente longuement et enfin le petit signal retentit. Il faut bien écouter car le tout premier cri est très bref. Un unique piaillement d'oiseau est essentiel pour moi. Comme un code, il donne l'information que j'attendais : La mort n'a pas frappé, je peux retourner jouer...

L'été mon frère aîné ramène de ses escapades de très jolis edelweiss cueillis sur des petites vires rocheuses réputées inaccessibles et l'hiver mon second frère construit de superbes igloos. Les edelweiss seront finalement mangés par les vaches et les igloos seront vaincus par la chaleur du printemps mais tout cela n'est pas grave et joyeux car « tout renaît l'année prochaine ». Eté comme hiver ces montagnes de Savoie m'enchantent, ces paysages sont à moi je les connais par cœur jusqu'aux moindres détails, les fleurs odorantes aux couleurs vives, les myrtilles délicieuses, les sommets et glaciers aux lumières changeantes, les forêts rafraichissantes, les odeurs suaves de résine, les ravins vertigineux, la neige aux diamants bleus, les rochers chauffés au soleil. En été j'aime le bruit assourdissant des torrents le cliquetis des ruisseaux. En hiver la neige est une substance magique qui miroite au soleil. Au printemps, j'adore écouter la rythmique enjouée des glaçons suspendus au toit, qui fondent en un goutte-à-goutte joyeux, les joues chauffent, le soleil est à son maximum.

Je tu il elle nous sommes savoyards. La musique folklorique que mon père nous distille pendant les repas de Noël, en atteste. J'en connais tous les airs par cœur. A la lueur tamisée d'un immense sapin de noël illuminé d'une multitude de petites bougies, ce folklore acoustique s'invite au milieu de superbes chants de Noël en allemand. Bach, joyeux et céleste nous rend également visite. Mon père s'improvise avec réussite DJ de Noël. Souvent de gros flocons blancs virevoltent dehors dans la nuit, de hauts monticules de neige s'amoncellent sur la terrasse en bois et grandissent à vue d'œil. Je les surveille attentivement : pourrons-nous ouvrir la porte demain matin ? mon père sortira sans doute sa grande pelle à neige pour creuser le chemin. J'aime regarder tomber cette neige épaisse, spectacle incroyable superbe et inquiétant à la fois. Les bûches flamboient dans la cheminée, la hotte en cuivre chauffe et réchauffe. Seules les bougies nous éclairent ce soir-là. Lumière orangée, musiques belles et généreuses, gaité absolue des intermèdes folkloriques joyeux et cadencés. Une délicieuse odeur de bon repas accompagne cette ambiance montagnarde. Ces Noël savoyards me réconfortent une fois l'an.

La photo de l'une de mes sœurs en costume traditionnel savoyard ne quitte jamais les murs de la maison. La coiffe portée par les femmes, en vallée de Tarentaise, appelée « frontière », évoque la proximité de l'Italie et n'a aucun secret pour moi. Sa bordure dorée en forme de cœur sait charmer les enfants.

Mon père, élevé chez les jésuites aime à nous raconter d'un ton précis et didactique l'histoire de la région, les noms des montagnes, leur géologie, l'hydrographie, les alpages, les troupeaux, les alpinistes héroïques. Bref, cette montagne savoyarde m'enchante et me livre ses secrets.

L'été, nous allons régulièrement « plus haut » vers 2500 mètres, bavarder avec les bergers aux dents noires qui rigolent tout le temps et parlent un patois odorant. Entre deux fou-rires, un sifflet jaillit de leurs lèvres grillées par le soleil de haute altitude. Les deux chiens joyeux surgissent alors et font un travail extraordinaire pour rassembler les centaines de bêtes. Les bergers rigolent et sifflent encore, les chiens répondent et s'activent en aboyant. Les dernières vaches égarées trahies par leur cloche sont vite ramenées au cœur de l'alpage. Les chiens sont contents, les bergers rigolent toujours et parlent avec mon père en une langue inconnue. Les troupeaux impressionnants de jolies tarines (petites vaches brunes de la vallée de Tarentaise) sont toujours une rencontre joyeuse en haute altitude. Les clarines sonnent fort. Je m'approche car j'adore regarder de près leur tête dodeliner lentement et activer l'énorme cloche qui pend à leur cou. L'œil noir est doux comme du velours, la robe brune est lumineuse et chaleureuse, le gros museau herbeux est plutôt sympathique. Seules les brèves petites cornes pointues rappellent aux visiteurs qu'il est préférable de ne pas les déranger. Le berger me parle dans sa langue inconnue et rigole généreusement, je ne comprends rien à son charabia savoyard et lui réponds en riant de très bon cœur. Magique. Cette rigolade partagée était pour moi un cadeau magnifique qui m'accompagnait toute la journée.

Nos promenades continuent. Son altimètre dans la poche, mon paternel expose en quelques rares mots bien choisis les caractéristiques des dénivelés. Il évoque les grands alpinistes du passé. Il m'apprend la moraine glacière et les courbes de niveau. Et puis bien sûr, en hiver, il m'apprend le ski. Ce père n'est pas un papa mais un professeur de Savoie.

Du haut de mes huit ans mon identité savoyarde est une évidence. Les alpages de Nogentil, le vallon de Prameruel et le lac des Creux sont mes terrains de jeux, Albertville est à jamais mon ancrage.

Mais un jour au détour du récit d'une amie qui évoque amoureusement sa grand-mère agricultrice en Bretagne, je m'interroge sur mes grands-parents savoyards qui n'existent pas. Oui j'ai des grands-parents bien gentils, mais qui vivent tous les quatre à Besançon. Et pourtant nul doute dans mon esprit d'enfant : je suis savoyarde née dans la vallée. Les années passant, il va me falloir admettre que je n'ai aucune racine dans cette région que je croyais mienne. Mais alors que faisons-nous dans ces belles montagnes ? Qui ou quoi nous attache indéfectiblement à cette belle Savoie ? Il me faudra du temps pour comprendre que ma naissance à Albertville est liée à l'activité professionnelle de mon père ingénieur hydraulicien à EDF.

Mon paternel est en charge de la construction de l'usine hydroélectrique souterraine de La Bâthie, à côté d'Albertville. Les turbines reçoivent les eaux des barrages de Roselend, Saint Guérin et la Gittaz, superbes sites dans le Beaufortain. Les torrents d'eau sont amenés par une conduite forcée de 12 km entièrement souterraine creusée dans la montagne. Au cœur de l'enfance il va bien falloir que je fasse le deuil des grands parents savoyards et que je m'accommode d'une centrale hydroélectrique.
Mon identité savoyarde vacille …

A huit ans, le grand départ vers Paris s'annonce, l'équipement hydraulique de La Savoie est terminé, un nouveau poste s'offre à Paris pour mon père. Toute la famille déménage à Sceaux. Le charme de cette jolie petite ville de banlieue sud ne suffira pas à nous faire oublier « la terre du passé, terre de tous les bonheurs ». Propulsés en région parisienne, La Savoie continue à nous attirer comme un aimant durant de longues années. Dès que possible nous prenons la route vers « nos montagnes » à toutes les saisons, par tous les temps, nous nous entassons dans le véhicule paternel. La voiture a une suspension abominablement souple qui donne mal au cœur à chaque virage, j'apprécie donc les lignes droites de l'autoroute. Mais celui-ci, à l'époque, s'arrête bien vite, à Fontainebleau, puis quelques années plus tard à Avallon. Les sommets savoyards ne seront conquis qu'après un périple routier inimaginable. De nuit nous traversons des villes au nom étrange : Tonnerre, Bierre-lès-Semur, Montbard. La traversée du Morvan et ses routes verglacées est une épreuve redoutée par ma mère. Mon père, calme, roule sans crainte dans la nuit froide.

Je guette : Bourg-en-Bresse devient mon eldorado. Cette ville signe la promesse d'une approche de nos chères montagnes. Mon capitaine de père affine le trajet en choisissant les petites routes départementales. Reconquérir nos montagnes passe par une traversée languissante de la Bresse et de ses poulets. Au fil de ces nombreuses croisades se ritualise une escale à Brou. Curieux nom. La fameuse cathédrale de Brou fleuron de Feu le Duché de Savoie devient un sémaphore incontournable. Mais il faut encore de nombreux virages nauséeux dans des contrées sombres et froides pour enfin s'engouffrer dans le tunnel du Chat puis descendre vers Chambéry. Enfin, nous arrivons au petit matin en terre savoyarde, le lac du Bourget en contrebas offre un spectacle splendide que je savoure. « Ô temps ! suspends ton vol et vous heures propices ! suspendez votre cours » oui oui, c'est bien ici, Lamartine ne s'est pas trompé. Nous entrons, finalement dans la combe de Savoie blanche et neigeuse en hiver verte et suffocante en été. Petit à petit cette famille de taiseux se met à commenter avec une joyeuse excitation la roche et le ciel. Les fenêtres s'entrouvrent pour mieux sentir l'air savoyard et sonner le glas d'une nuit de voyage sans sommeil.

C'est ainsi que nous retournions inlassablement de nombreuses fois par an, dans notre petit chalet là-haut sur la montagne, point fixe, repère indéboulonnable. La greffe en terre parisienne ne prenait pas. Pas du tout. Plus que jamais, en immersion forcée en banlieue parisienne nous étions savoyards.

L'hydroélectricité gardait encore ses secrets. Mais je savais qu'il y avait là une énigme à percer. Il me faudra de très longues années pour comprendre comment et pourquoi l'hydroélectricité est au cœur de notre histoire familiale.

La production hydraulique d'électricité est un sujet que je maîtrise assez mal au sortir de l'enfance, mais je devine qu'il y a dans cette activité, les traces du secret paternel. Je vais donc remonter comme un fil d'Ariane, la généalogie de l'hydroélectricité de mon cher Papa, et des turbines mes cousines. Le chemin sera difficile parsemé de silences hermétiques. J'avais dix ans et plus j'avançais moins je comprenais.

Ma mère, agacée par mes questions me jeta un jour cette phrase définitive : « Ton père voulait être pilote dans l'armée de l'air !!! la guerre l'en a empêché. » Je me retrouvais ainsi avec trois pelotes de laine : la guerre, l'armée de l'air, et une centrale hydroélectrique …Comment les tricoter ensemble ? quels liens pouvaient bien unir ces trois éléments ? je sentais qu'il n'était plus temps pour moi de questionner ma mère et encore moins mon père. J'arrivais aux limites de ce que je pouvais savoir. Il me serait impossible de rentrer plus avant dans leur histoire. Qu'y avait-il donc à cacher ?

Je continuerai inlassablement mon enquête, même après notre déménagement en région parisienne.

« frontière » tarine

Barrage de Roselend

Une étrange visite

Un jour ensoleillé de printemps, dans cette région parisienne toute nouvelle pour moi, en début d'après-midi, une étrange visite sonne à la porte. Curieuse comme une petite souris, je me cache à l'angle du couloir pour observer « qui arrive ». Ma mère, à la vue de ce visiteur, s'efface rapidement dans la cuisine, je suis seule spectatrice de l'arrivée de cet inconnu. Un homme habillé d'un blouson de cuir noir et d'une casquette, chemise ouverte, entre en souriant faiblement. Mon père et cet homme se jettent alors dans les bras l'un de l'autre. Leur étreinte puissante se prolonge de longues minutes. Avec insistance ils se serrent l'un contre l'autre longuement. Leurs mains et leurs bras participent à cette communion charnelle puis, à ma plus grande stupéfaction, des larmes silencieuses jaillissent de tous leurs yeux. L'étreinte continue. Après un très long moment de cet échange charnel puissant, des mots sont prononcés doucement lentement et l'étreinte se prolonge, s'éternise. Seule dans ma cachette, du haut de mes onze ans j'hallucine.

Qui est-il ? qu'arrive-t-il à mon père d'habitude si retenu ?? Isolés du monde, ces deux hommes enfin dissociés se dirigent vers le salon. Trop occupés l'un par l'autre, ils ne me voient pas. La porte se referme derrière eux, de toute évidence personne ne doit les déranger. Sans comprendre ce qu'ils se disent, je les entends parler abondamment, longuement calmement.

Mon cœur se noue d'angoisse. Mais qui est donc mon père ? Interloquée, je vais tourner en boucle dans ma tête de nombreuses questions. Une solitude extrême me fige dans l'incompréhension. Mon père serait-il homosexuel ? pourquoi pas, mais comment accommoder cette homosexualité avec une paternité cinq fois assumée ?

Pourquoi lui qui nous parle si peu, qui exprime si peu de sentiments, a-t-il soudainement ouvert les vannes de ses larmes et de ses étreintes avec cet inconnu ???

Comme souvent, j'irai quelques jours plus tard quémander des explications auprès de ma mère. J'apprends ainsi que l'étrange compagnon de mon père s'appelle Daniel Anker et est lui aussi un survivant du camp de Buchenwald. Il est actif dans l'association d'anciens déportés FNDIRP à laquelle mon père adhère également. Juif et communiste, il a connu l'enfer de Buchenwald. Je me suis habituée progressivement à ses visites biannuelles. Il venait prendre des nouvelles et distribuer les calendriers de la FNDIRP. Au fil des ans, nous avons appris à nous saluer gentiment. Mais le lien sacré indéfectible mystérieux qui les unissait lui et mon père demeurait primordial et quasi mystique.

Daniel apprit un jour qu'il était condamné par un redoutable cancer. Il voulut avant de mourir faire une ultime confidence à mon père, sans doute pour libérer sa conscience. Il lui expliqua que son statut de communiste lui permit de rester à Buchenwald et de ne pas partir à Dora. Cela n'étonna pas mon père qui savait la forte résistance interne communiste qui s'était développée à Buchenwald. Mais Daniel voulut dire à Pierre, avant de mourir, qu'il fut contraint de constituer les convois en partance pour Dora...Dora la mort. Autant qu'il le pouvait, les camarades communistes étaient maintenus à Buchenwald et échappaient à Dora. Peut être sans le savoir avait-il contribué au départ de mon père vers le camp de Dora, mon père n'étant pas communiste. Ainsi sa conscience le tourmentait. Mais le survivant Pierre pris soin de calmer les angoisses du survivant Daniel. Le cancer fit son macabre travail mais Daniel partit apaisé par Pierre sur cette question-là. A la mort de Daniel, Pierre fut très triste ; je le sentis à ses silences un peu plus lourds que d'habitude. Mais il n'en parla pas, du moins pas à moi.

Plusieurs années plus tard, au cours d'une discussion en « mode intello » sur le communisme avec mon père je découvris sa proximité sa compassion, son amitié pour les communistes. Ce lecteur de la première heure de Soljenitsyne et des horreurs du Goulag, gardait dans sa mémoire un souvenir ému, tenace, douloureux de ses camarades communistes côtoyés dans les camps nazis. Particulièrement des communistes allemands en grand nombre à Buchenwald et Dora. Il lui était important de conserver les noms de ceux qui avaient disparu en déportation. Il se souvenait d'eux avec émotion, douleur et respect.

Alors oui aujourd'hui les calendriers de la FNDIRP me manquent ; leurs tristes illustrations qui accompagnaient les douze mois de l'année et leurs dates importantes : la libération de tous les camps de déportation et d'extermination. Ma mère était fana de ces calendriers, elle en mettait partout. Le mien donné et reçu comme un talisman m'encombrait un peu ...me culpabilisait quand je tentais de l'oublier sous mes piles de livres ou au fond d'un tiroir de bureau dans ma classe. Mais finalement, avec le temps, je m'étais assez bien habituée à sa présence rituelle. Accompagné du National Géographique en anglais et d'un pot de miel savoyard de l'apiculteur Jugand ou de son cousin, ce calendrier d'anciens déportés faisait partie de la panoplie des enfants de Pierre.

Et si nous étions juifs ?

Au début de l'adolescence, je décide de vraiment enquêter sur ces fameux camps de déportation. Au collège notre professeur d'histoire nous parle des grecs et des romains. Internet et wikipédia n'existent pas, il va falloir que je me débrouille toute seule. Mes recherches vont évoluer au hasard de mes lectures. Le brouillard que j'ai dans la tête sur ce sujet ne m'a pas encore permis de faire la distinction entre camp de déportation et camp d'extermination. Tout au long de mes lectures de hasard j'acquiers la conviction que tous les déportés ou presque sont juifs. Mon père est peut- être juif sans le savoir. Une certitude s'installe dans mon enquête : les juifs sont nos frères de tragédie. De culture catholique, aucune religion ne s'exprimait dans notre famille. Je supposais à tort que mon père avait une proximité avec la judéité du fait de son internement en camp de déportation. Je mélangeais et confondais tout.

Quelques années plus tard, mieux instruite, je sus distinguer la tragédie de la Shoah de la tragédie de la déportation politique. Un même bourreau mais des histoires différentes. Là encore il me fallut plusieurs années pour comprendre que mon père n'était pas juif. En 1972 j'ai quinze ans et découvre seule dans les livres l'horreur de la Shoah. J'apprends à distinguer clairement les verbes déporter et exterminer. Je découvre ainsi les différentes strates de l'abomination. Au fil de mes lectures je cerne mieux ce qu'a été la déportation politique : les triangles rouges. Dans les camps les déportés qualifiés de « politiques » portaient, cousu sur leur rayé, un triangle rouge.

Mon père n'est donc pas savoyard, il n'est pas homosexuel, il n'est pas juif non plus, il n'a pas eu d'étoile jaune mais a été « triangle rouge ». Mais qui est-il vraiment ? Mon enquête avance petit à petit …Je vais enfin pouvoir creuser un élément déterminant de l'identité paternelle :

« le triangle rouge ».

Kennzeichen für Schutzhäftlinge in den Konzentrations Lagern

	Politisch	Berufs-verbrecher	Emigrant	Bibelforscher	Homo-sexuell	Arbeitsscheu Reich	Arbeitsscheu
Grundfarben							
Abzeichen für Rückfällige							
Strafkomp							
Juden							

Jüdischer Rasseschänder   Fluchtverdächtiger   1a Häftling

Beispiel: Politisch, Jude, Rückfällig, Strafkomp.

Sonder-Aktion Wehrmacht

Pole   Tscheche

Dans les bras de la FNDIRP
Fédération Nationale des Déportés et Internés, Résistants et Patriotes

En avril 1974, sur proposition de mon père, je participe à un voyage sur les lieux des camps de déportation de Buchenwald et Dora organisé, pour les jeunes, par La FNDIRP. Je suis fière, j'ai l'impression d'avoir été choisie par mon père pour un voyage initiatique. Peut-être veut-il me raconter sans me parler ? J'ai l'impression d'être autorisée enfin à entrer dans la confidence de son épreuve. Ma fierté de l'époque n'a aucun sens et n'est que l'expression d'un manque cruel de parole. Dérisoire fierté, monumentale confusion, triste adolescence. Ce voyage est réservé à la jeunesse. Sans aucun mot, nous voilà désignés pour retourner sur les lieux du drame. Un seul ancien déporté nous guide, sa gentillesse n'a d'égal que son désespoir. Ses larmes nous accompagnent.

Situés en Allemagne de l'Est à l'époque, les vestiges des lieux concentrationnaires furent pour moi à seize ans, un violent choc émotionnel. Mais là encore, à mon retour à Paris la parole paternelle est étrange. Mon père se soucie avec bienveillance de ma santé, s'intéresse au voyage en train qui a été très long et au passage de la frontière délicate qui séparent les deux Allemagnes de l'époque. Mais aucune parole ou presque n'est échangée sur le reste du séjour.

Pourtant à seize ans j'ai pleuré sur la place d'appel du camp de Buchenwald, j'ai été tétanisée devant les fours crématoires béants de Dora. Le revier de Buchenwald (*infirmerie*) et ses salles d'expérimentation m'ont anéantie. L'affreuse maxime « Jedem das seine » *chacun son dû* sculptée à l'entrée du camp dans une arche de fer, m'a glacée. Au camp de Dora, l'emplacement du bunker m'a arraché des larmes oppressées. Tous ces moments, ces lieux sont à jamais inscrits dans ma mémoire.

En ce printemps 1974, nous étions une trentaine d'enfants de déportés graves silencieux comme l'impose le recueillement mais aussi silencieux comme nous l'a appris notre histoire familiale. Nous partagions ce lourd silence. Les larmes coulaient sans bruit furtivement.

A mon retour, je n'eus également que très peu d'échanges avec mes parents sur la découverte de la RDA de l'époque *(République Démocratique Allemande)*. J'ai donc mené seule une réflexion sur cette expérience insolite. Etrangeté de cette Allemagne de l'Est communiste, aride, sinistre. A Berlin-Est, en 1974, des immeubles entiers sont encore criblés de balles …trente ans après…

Nous arrivons en terre communiste après un long voyage en train de 18 heures. La frontière avec la RDA a immobilisé notre convoi un long moment en pleine nuit. Des douaniers gris passent et repassent dans le couloir. Leur visage sans expression scrute l'intérieur des compartiments. Puis ils passent et repassent sans cesse dans la nuit.

Arrivés à Erfurt, nous sommes installés dans un grand hôtel style « rococo ». Chambres immenses, tentures et dorures contrastent avec une odeur de pollution qui envahit toute la ville. Dans la salle de bain les robinets dorés tournent à vide. Il n'y a pas d'eau, il n'y aura pas d'eau. La douche sera prise dans une unique chambre pour tout le groupe. Les dorures et fastes du passé de cet hôtel « grand siècle » ne sont plus que de mystérieux signaux interrompus. La froidure gèle l'atmosphère : pas de chauffage, de toute évidence nous ne sommes pas là pour rigoler. Cet hôtel fastueux transformé en auberge de jeunesse est aussi inhospitalier qu'étrange. Les dorures décadentes figées dans la grisaille nous accueillent sans harmonie. Mais pourquoi étais-je dans cette galère ? Le déséquilibre de ce décor inconfortable et saugrenu annonçait la suite ...

Aucune lumière dans les rues le soir, aucune publicité nulle part, très peu de magasins. Sur les routes austères ne fleurissent que quelques panneaux qui répètent, qui martèlent « Nie wieder faschismus » *plus jamais le fascisme.* Depuis le bus qui nous conduit d'Erfurt à Buchenwald, en pleine campagne déserte, nous découvrons l'accumulation tout au long de la route, de ces affichages « Nie wieder faschismus ».

En dehors de ces messages, rien, aucun panneau indicateur, le chauffeur conduit de mémoire. Une campagne froide et désertique nous psalmodie qu'il n'y aura plus jamais le fascisme. Mes seize ans s'interrogent devant ces incantations glacées placardées en grand nombre aux croisements de sentiers boueux. Message unique obsessionnel dans ce pays où les villes ne sont pas éclairées le soir, les gens ne se parlent pas, les policiers sont partout. Ce pays sinistre semble se payer une vertu en dénonçant le fascisme passé mais la tristesse des villes, des paysages, des gens est perceptible à chaque instant. En 1974, ce pays qui lève l'étendard contre le fascisme est lui-même angoissant, tragique et policier.

Ce voyage sur les traces des camps de déportation nazis au pays de la Stasi est surréaliste !!

A Erfurt, ville grise industrielle, polluée, une soirée de rencontre avec des jeunes allemands de notre âge est organisée sous haute surveillance. Un peu de musique...le plaisir de parler allemand. La conversation s'engage avec trois jeunes allemands qui nous désignent comme venant d'un pays de liberté dépravé. Complètement suffoquée je ne sais pas ne comprends pas que mes interlocuteurs ont été très probablement choisis par le parti communiste local et briefés avant de venir. Avec une amie, nous avançons des arguments naïfs et nous efforçons d'expliquer que Paris est une belle ville où il fait bon vivre. Nos camarades d'un soir Est-allemands ont la parole cruelle pour Paris mais leurs yeux brillent. Ils questionnent questionnent sans cesse sur cette ville qu'ils doivent détester mais qu'ils ont envie d'aimer. La soirée s'achève... finalement nous n'avons pas dansé mais parlé parlé parlé argumenté … Au moment de partir un de ces adolescents allemands me supplie de rester encore quelques minutes : il veut absolument m'offrir quelque chose et me demande de l'attendre un instant. Touchée par son insistance, je patiente.

Il revient et m'offre avec une extrême gentillesse et beaucoup d'émotion un sweat-shirt blanc sur lequel est écrit en rouge « Allende 1973 » et est imprimé un gros poing fermé de lutte révolutionnaire.

Je suis stupéfaite par ce cadeau insolite. Nous échangeons quelques phrases : sous notre acné juvénile nous prenons des airs importants pour parler du terrible coup d'Etat qui a renversé Allende l'année passée au Chili. Je dois partir, les agents communistes s'impatientent... Je le remercie chaleureusement, son cadeau un peu surprenant me touche beaucoup. Comme un enfant fautif il me dit doucement qu'il aurait bien aimé bavarder encore un peu avec moi, il prend ma main et des larmes silencieuses coulent sur ses joues ; la triste douceur de ce moment me fait comprendre combien il est difficile d'être un adolescent de seize ans en Allemagne de l'Est en 1974.

« Es ist zeit zu gehen » *il est temps de partir* nous imposent les organisateurs grincheux parfumés à la STASI. Dans ce pays, la moindre émotion n'est autorisée que si elle est politiquement correcte. La découverte, l'ouverture aux autres sont soumises aux contrôles et à la surveillance implacables de la RDA communiste. Une sérieuse ébauche de réflexion politique va s'enclencher pour moi au pays de la STASI où seuls s'épanouissent les mémoriaux des camps de déportation nazis…

Chaque article que je lirai ultérieurement sur Allende et le Chili sera imprégné pour moi d'une certaine nostalgie allemande. Le sweat-shirt révolutionnaire ne me quittera pas durant de nombreuses années.

En 1982, devenue jeune institutrice, j'accueille dans ma classe deux enfants chiliens réfugiés en France avec leur famille. J'ai pour eux une attention particulière. Sans trahir mes autres élèves, je leur réserve beaucoup de douceur et de rires. Ils ne sauront jamais que mon affection pour eux a transité par l'Allemagne de l'Est. Ainsi va la vie …

Je n'en avais pas fini avec les camps allemands

Pendant l'été 1974 j'ai dix-sept ans et participe à un « chantier international » en Allemagne. Nous allions perfectionner notre allemand durant un mois en défrichant les forêts allemandes dans une ambiance internationale. Les locaux modernes et efficaces de l'école d'un petit village proche de la « Lüneburger Heide » entre Hanovre et Hambourg nous hébergent. A cette époque, en1974, les allemands de l'Ouest, écolos, les « grünen » sont attachés à ce nouvel espace protégé appelé « la lande de Lünebourg » ; ils nous y emmènent avec fierté.

Arrivée sur place, je découvre une grande plaine où il n'y a rien, absolument rien. Une platitude incroyable jusqu'à l'horizon. Complètement perplexe, je ne comprends pas ce lieu. Sans doute me manque-t-il une connaissance scientifique pour apprécier les quelques herbes verdâtres et brindilles grises qui poussent sur un sol boueux. L'attachement de mes camarades allemands du nord à cet espace est une énigme totale pour moi, que je ne chercherai pas à résoudre. Je n'ai qu'une hâte, quitter ce lieu étrange où le néant gris côtoie le vide translucide.

Nous continuons notre balade vers Hambourg. Petites briques rouges, ville silencieuse. Il y a très peu de bruit dans les rues et pourtant beaucoup de monde en ce samedi après-midi ; une foule silencieuse. En 1974 Hambourg est sans doute l'une des premières villes d'Europe à avoir aménagé un quartier piétonnier en son centre. Aucune voiture, aucun bruit parasite et une multitude d'allemands qui parlent doucement une ville qui murmure.

Après cette escapade à Hambourg, nous retournons quelques kilomètres au sud à Bienenbüttel siège de notre chantier international au cœur des forêts.

Plusieurs années plus tard, en consultant précisément une carte, je m'aperçois que ce « camp de travail », auquel je participais, était tout proche de l'ancien camp de Bergen Belsen où fut libéré mon père le 15 avril 1945. Silence des allemands sur place, silence de mon père à mon retour …Ce silence omniprésent m'a révoltée quelques années plus tard lorsque je découvre la proximité topographique de ces deux camps. Cette révolte va me servir d'énergie pour rechercher la réalité vraie de cette histoire aux contours encore trop flous. J'ai vraiment l'impression que l'on se moque de moi dans cette famille. Je pars faire un camp de travail international en Allemagne à deux pas de l'ancien camp de déportation de Bergen Belsen où s'est achevé le parcours concentrationnaire de mon père, et personne parmi les adultes qui m'entourent ne trouve une quelconque remarque à faire !? rien ne leur semble bizarre ? Une analogie ? que nenni …circulez, il n'y a rien à voir, rien à dire.

Le camp de Bergen Belsen fut entièrement brûlé pour raison sanitaire par l'armée anglaise en 1945 : le typhus avait envahi la place. Aujourd'hui ne demeure à l'emplacement de ce camp qu'un petit bâtiment appelé « la maison du silence ».

Mais je vais mourir étouffée sous tous ces silences !!

Le silence avait gangréné également le fameux Wolfgang, sympathique ingénieur allemand des Eaux et Forêts, qui encadrait le travail de notre groupe sur place dans les forêts d'Allemagne du nord. Après nous avoir fait faucher une clairière, il nous affecta au débroussaillage de charmants sentiers. En poste à six heures du matin, nous arrêtions notre labeur vers 13 heures. Les outils restaient souvent au sol et nous bavardions de longues heures dans la douceur des rayons du soleil de ce mois d'août filtrés par les branchages majestueux de cette forêt allemande. Wolfgang n'était pas là tous les jours mais il nous rendait visite de plus en plus souvent. Pique nique forestier, feu de bois et grillades agrémentaient sa présence. Aimant les longues discussions sous les arbres, spécialiste de sa région, jamais il n'évoqua le mémorial du camp de Bergen Belsen tout proche. Barbu, proche de la quarantaine, quatre enfants au compteur, un divorce en action, il guettait mes dix-sept ans qu'il aurait bien croqués. Avec sa barbe délicatement taillée et ses yeux bleus, il favorisait nos longs échanges en allemand sur la nature, la musique, la philosophie, les voyages. Il aimait me faire parler des Alpes françaises et me racontait La Laponie qu'il a tant aimé, son amie de soixante-dix ans rencontrée là-bas. L'âge n'a donc aucune importance …

Il voulut m'emmener au concert, puis aussi m'emmener la nuit dans ses miradors en bois au milieu des forêts pour y observer les animaux sauvages avec des jumelles à infrarouge, dernier cri de la technologie nocturne à cette époque. Mais non finalement non je n'accorderai rien à ce germanique sympathique mais étrange et totalement amnésique de l'histoire locale. Celui qui aurait aimé être mon « gourou écolo » avait tout simplement oublié l'histoire de sa région. Sa passion réelle pour les arbres, les animaux, la nature servait probablement à mieux oublier le passé insupportable de l'Allemagne. Dans les années soixante-dix la jeunesse d'Allemagne de l'Ouest avait le choix implicite entre la Bande à Baader ou les « grünen ». J'ai eu la chance de rencontrer les verts, les « grünen » ..

L' année 1974 m'a permis de mettre en perspective la RFA et la RDA, deux versions d'une même Allemagne. En l'espace de quelques mois j'ai côtoyé les tristes communistes allemands de l'EST qui exhibaient le nazisme passé pour tenter d'exister, et les planants « grünen » allemands de l'OUEST qui se shootaient à l'écologie pour tenter d'oublier ce même nazisme.

Cette immersion dans les deux Allemagnes de 1974, m'a profondément émue, la tristesse, la gentillesse de leur jeunesse respective faisaient écho en moi. Le temps m'aidera à comprendre à quel point cette génération allemande a souffert de l'histoire passée de son pays. Qu'ils soient communistes contraints à l'EST ou « grünen » errants drogués de nature à l'OUEST, tous se débattent avec une histoire qui n'est pas la leur mais celle de leurs parents.

Cela me parle oui cela me parle …

La jeunesse de ces deux Allemagnes dans les années soixante-dix, a navigué à vue entre contraintes, silence, culpabilité, énergie détournée vers le communisme ou l'écologie. C'est aussi l'époque de la « Rote Armee Fraktion » dite « Bande à Baader » que j'ai eu la chance de ne pas croiser. Que ce soit à l'EST comme à l'OUEST, j'ai ressenti cette année là en 1974, une réelle proximité avec tous ces allemands rencontrés. Malgré de nombreuses étrangetés, je me sentais curieusement en phase affectivement avec eux. Sans le dire, sans même le savoir, nous partagions une même difficulté : exister, se construire alors que nous étions encore pris dans les filets de l'histoire de nos parents, de nos pays, qui tardait à s'écrire.

Nos émotions partagées sont des souvenirs forts qui se mêlent à une douce nostalgie. Que sont-ils devenus tous ces amis allemands ? sont-ils européens aujourd'hui ?

De retour en France, je renoue avec la mode des sabots et pantalons patte d'éléphant, du « Peace and love » léger et désinvolte, en vogue à cette époque à Paris. En France la jeunesse n'est pas encore écolo, pas complètement communiste mais elle savoure sa « libération ». Post-soixante-huitarde, la jeunesse parisienne en 1974 est collective, libérée, féministe avec un goût de « tout est possible ». J'aimais ces effluves de liberté positive.

Fin septembre 1974, je reçois un livre envoyé par le fameux gentil Wolfgang. Mes parents, visage fermé, m'ont observée avec insistance à l'arrivée de ce colis en provenance d'Allemagne. C'est un samedi, à midi, dans la cuisine, ils me remettent ce paquet allemand avec une grande froideur interrogative. Désinvolte, j'ouvre sans précaution l'emballage marron et ne devine pas du tout ce que ce carton peut contenir. Aurai-je oublié quelque chose dans les forêts du nord de l'Allemagne ?? pour moi, ce séjour est déjà loin, la page est tournée. Je saisis le livre qui glisse du paquet germanique et très étonnée en découvre le titre :

« Ich liebte ein Mädchen » *J'aimais une jeune fille.*

Mon étonnement se mêle à une gêne certaine, car mon père parfaitement germanophone me demande quel est le titre du livre. En bredouillant je le lui indique en allemand.

L'atmosphère se fige. Mes parents échangent des regards glacés. Vite il me faut rassurer mes géniteurs. Ma mère, de son œil noir, commence un interrogatoire précis.

« Qui est cet allemand ? »

Je rassure, je rassure encore … « un type sans importance à qui je ne répondrais pas ». Mensonge inévitable, je répondrai à ce Wolfgang surprenant respectueux et attachant. Mais à l'instant je savais précisément que mes parents ne se souciaient pas de moi. Leur seule hantise était l'existence d'une relation avec un ALLEMAND ; ils se taisaient mais leurs regards froids et inquiets me disaient que cela n'était pas possible …
juste pas possible …

Accompagnant le livre, une longue lettre me conseillait tendrement de garder mon regard clair et précis sur les êtres et les choses. Ce « regard précis » me permit, des années plus tard, de découvrir la localisation exacte du camp de Bergen Belsen. Rétroactivement, j'en voulu un peu à ce gentil Wolfgang barbu aux yeux bleu pâle comme le ciel de Hambourg. Lui si cultivé, pourquoi ne m'a-t-il pas parlé du tout de Bergen Belsen ? Pourquoi a-t-il préféré m'enfumer doucement et délicatement avec La Laponie ? …

Les deux jeunes responsables allemands de notre groupe au cœur des forêts d'Allemagne du nord, étaient quant à eux, très étranges. Ils étaient chargés de l'intendance et la logistique. Agés d'environ vingt-trois ans, Hans et Brigitte, voulaient tout savoir de nous sans rien nous dire d'eux et de leur région. Ils étaient tous les deux raides et antipathiques. De nombreuses années plus tard je me suis autorisée à imaginer qu'ils étaient peut-être des enfants de gardiens du camp de Bergen Belsen. Ils en avaient la rudesse, la brutalité psychologique, l'opacité.

Un soir, sous couvert de « bonne intégration », ils nous demandèrent d'exposer au groupe, chacun son tour, notre pays d'origine et le métier exercé par nos parents. Deux marocains n'apprécièrent guère l'exercice et quittèrent les lieux dès le lendemain après une discussion musclée avec nos deux « gardiens ». J'ai le souvenir du malaise d'une camarade suisse. Le grand hollandais avec son papa policier contenta d'aise nos deux chefaillons nazillons. Cet Alex néerlandais avait-il réellement un père policier ou bien l'avait-il inventé par ruse, pour satisfaire nos deux gardiens ? je ne le saurai jamais. Ce jeune Alex immense, était vif et charmant, apprécié de tous. Il savait nous faire rire du haut de ses 2,01 m. Cultivé drôle et intelligent ce jeune hollandais irradiait de générosité et d'altruisme.

J'appréhendais mon tour. Mon pays, mon paternel, son métier, tout allait déplaire à nos « sinistres chefaillons ». Je le pressentais mais n'eut pas l'intelligence de mentir. Mon père n'allait pas convenir à nos deux gardiens. L'ingénieur, le bourgeois n'allait pas être bienvenu. Les techniciens étaient tolérés et les ouvriers vénérés dans ce tribunal qui ne disait pas son nom. Après l'exposé timide d'un jeune allemand nous présentant son père ouvrier conforme, je dus me plier à l'interrogatoire. Je le fis avec naïveté et sincérité.. erreur .. erreur … Comme prévu « l'ingénieur » ne fut pas bien accueilli par Hans et Brigitte qui affichèrent des visages renfrognés. Pour défendre ce cher Papa que j'aimais tant, espérant quelque indulgence, je finis par expliquer qu'il avait été prisonnier dans un «konzentrationslager » *camp de concentration.* Un silence glacial fut la seule réponse, et hop on passait au suivant …Cette froide indifférence me perturba plusieurs jours. Je me sentais salie, coupable de ne pas avoir su défendre mon père dans cette Allemagne du nord étrange et sinistre.

1974 fut pour moi l'année des folles errances en Allemagne. Grugée trompée trahie, j'avais l'impression d'être le triste dindon d'une sinistre farce. Pourquoi mon père ne m'a-t-il pas parlé, lui non plus, de cette proximité avec le camp de Bergen Belsen ?

Il me faudra de longues années pour comprendre que les silences paternels ne me sont pas hostiles mais qu'ils constituent les remparts illusoires de protection d'un passé trop douloureux. Peut-être mon père pensait-il me protéger en ne me parlant pas des souvenirs barbares de la déportation. Ou bien tout simplement, il ne pouvait pas parler de cette période de sa vie, enfouie et néanmoins tellement présente. Ces silences me blessaient : je me sentais ignorée, délaissée, je ne méritais pas que l'on me parle. Je me fourvoyais. Mes questionnements tournaient en boucle, à vide. Et pourtant je voulais savoir, comprendre. Je menais une enquête épuisante où les fausses pistes s'accumulaient.

Les Allemands envahissent la maison !

Quelques mois après cet étrange camp de travail, deux camarades du groupe me firent une visite impromptue et débarquèrent un soir sans prévenir chez mes parents. Alex l'immense hollandais gentil et charmant, et Dieter un allemand timide réservé avec qui j'avais peu discuté. J'étais très gênée qu'ils déboulent ainsi sans s'annoncer. Mon père s'enferma dans le salon, il était clair qu'il ne voulait pas entendre parler de ces deux gaillards. Après avoir discuté avec eux assez longuement dans ma chambre, mes deux visiteurs-surprises repartirent avec une tablette de chocolat que ma mère leur donna sur le pas de la porte comme pour excuser le refus évident de mon père de les rencontrer.

Leur visite reste pour moi encore aujourd'hui une énigme. Dieter le timide, au visage inexpressif, m'envoya plusieurs lettres et revint quelques mois plus tard. De toute évidence il voulait saluer mon père qui l'intéressait beaucoup plus que moi. Il força presque la porte du salon où mon paternel était retiré. Inquiète, je redoutais une confrontation houleuse et tentais de faire le lien. Mon père fit un bref effort en français et ne lui offrit aucun mot en allemand. Dieter, enjoué, relança la conversation dans un français impeccable coloré d'un accent agréable. Mais cela ne dura que quelques minutes et très vite le jeune allemand comprit, à mon grand soulagement, qu'il ne fallait pas insister. Mon père ferme et glacial tout en restant courtois nous indiqua la porte et stoppa ainsi toute possibilité de discussion. Je n'ai toujours pas compris aujourd'hui quelle était la motivation réelle du timide Dieter que je fis sortir très rapidement de mes écrans radars.

Il a toujours été assez difficile à des allemands de pénétrer l'intimité familiale. Quelques mois auparavant, une famille allemande qui m'avait hébergée trois semaines au cours d'un séjour linguistique, débarque à Paris. La femme est brave, l'homme est un gros et gras buveur de bière riant à gorge déployée en évoquant sa période militaire à Rouen durant la dernière guerre. Enjoué au téléphone, il m'annonce qu'ils sont à Paris et qu'ils aimeraient tellement rencontrer mes parents. Je ne sens pas l'affaire ... j'en parle néanmoins à ma mère. Sur un ton qui ne supporte aucune réplique, elle m'ordonne : « dis-leur que ta sœur vient d'accoucher et que nous ne sommes absolument pas disponibles. » Hum... ma sœur a accouché il y a trois ans .... Je comprends très vite que ces allemands ne sont vraiment pas les bienvenus et qu'il n'y aura pas de rencontre. Le refus est catégorique. Me voilà presque soulagée. J'envisageais assez mal d'être responsable de l'intrusion de ces allemands rustres et basiques dans l'univers parental tourmenté. Je m'exécutais donc à mentir avec malice, en racontant à ces allemands un peu rustiques, ce récent et difficile accouchement qui n'a jamais existé.

J'ai rencontré tous ces allemands qui me rendent visite, au cours de séjours en Allemagne dans lesquels mes parents m'ont envoyée. Je suis donc apte à leurs yeux à être expédiée en Allemagne pendant mes vacances, mais toute amitié développée avec un individu allemand est irrecevable pour père et mère ...Et moi, comme d'habitude, je me débrouille toute seule avec cette contradiction, cette énigme ... une de plus ...

La Dordogne clef du mystère

J'entends parler pour la première fois du barrage hydroélectrique de l'Aigle sur la Dordogne lorsque j'ai environ trente ans. Il est temps ...A partir de 1987, mes parents se rendent tous les ans, en septembre, en Auvergne, tel un pèlerinage automnal rituel, au grand rendez-vous de l'association « des anciens du barrage ». (?)
Qui sont ces anciens ? Anciens de qui ? de quoi ? Un ancien pilote-parachutiste anglais fait rigoler tout le monde là-bas, parait-il. Mon père est choisi par le groupe pour découvrir une stèle au cours d'une cérémonie. Quelle est donc cette secte du barrage ?
Ce mot « barrage » me fait dresser l'oreille, mon intérêt se cabre. Cela me rappelle les turbines paternelles de mon enfance près d'Albertville dans l'usine souterraine de La Bâthie qui brasse les eaux du lac de Roselend. Mais l'hydroélectricité en Dordogne ...voilà pour moi un chapitre totalement inédit. Je n'avais jamais entendu parler de la moindre connexion entre mon père originaire de Besançon et La Dordogne.

Après avoir exploré la Savoie en tous sens, je découvre enfin des indices déterminants entre Corrèze et Cantal ... Un nouveau chapitre de l'histoire paternelle se révèle ; Les gorges de la Haute Dordogne vont être la clef-de-voute de mon enquête-puzzle.

En 1989, mon père participe à la réalisation d'un film documentaire sur l'histoire de ce barrage surnommé « le barrage de la résistance ». Il parle à la caméra avant de parler à ses enfants. Ma mère joue, à ce moment-là, un rôle important pour que notre paternel n'oublie pas de nous offrir ses récits. C'est ainsi qu'à trente-deux ans, je vais commencer à découvrir l'histoire de mon père pendant la guerre. Il me faudra du temps pour mettre en perspective la Dordogne et notre drôle d'identité savoyarde …comprendre le rôle majeur de l'hydroélectricité dans cette histoire.

Il me faudra également découvrir la personnalité généreuse d'André Decelle résistant, polytechnicien en charge de la construction du barrage de l'Aigle, puis plus tard directeur d'EDF pendant quelques années.

Il me faudra beaucoup de temps pour pardonner à mes parents leurs silences ravageurs.

C'est en Dordogne, dans le barrage hydroélectrique de l'Aigle, en construction, que mon père trouve momentanément refuge en 1943. Réfractaire au STO, il devient clandestin et se cache dans le chantier du barrage qui sert de couverture à un important réseau de résistance, sous la responsabilité d'André Decelle, 33 ans, « Commandant Didier » pour la Résistance. Au sein de ce réseau, Pierre Jacquin prend le pseudonyme « Brun ». Il est chargé de transmettre au contact-radio de Clermont-Ferrand des informations pour Londres. Ces données sont indispensables aux pilotes anglais qui larguent de nuit en Auvergne des containers remplis d'armes.

A Clermont-Ferrand, au cours de l'une de ces missions de transmission d'informations, Pierre est arrêté par deux agents français de la gestapo, en février 1944. Torturé pendant plus d'un mois par des français miliciens il ne parle pas, ne lâche rien. Il est déporté vers l'Allemagne en mai 1944. Il va connaître l'enfer de Buchenwald, Wieda, Dora, Bergen Belsen.

La déportation de mon père prend donc son origine dans ce terroir froid de la Haute Dordogne. L'hydroélectricité de mon enfance savoyarde prend également sa source en Dordogne, dans la résistance, au barrage de l'Aigle pendant la guerre... Voilà une généalogie qui s'étoffe sérieusement.

Mon puzzle étonnant avance cette fois de façon significative.

Barrage de l'Aigle sur la Dordogne

Quand enfin la parole se libère

A partir de 1990, mon père, comme beaucoup d'autres survivants des camps, commence à raconter, se raconter. Ce n'est peut-être plus le moment pour nous, mais c'est le moment pour lui. Nous les enfants de déporté, ne sommes pas forcément disponibles à ce moment-là pour écouter mais nous écouterons malgré tout. Ces récits viennent tellement combler les vides, les interrogations de notre enfance. Pour les « triangles rouges », près de quarante années après la barbarie, l'heure est venue de témoigner… La crainte de mourir sans avoir raconté. Témoigner pour ceux qui ne sont pas revenus.

Pour nous les enfants de déporté, après les silences pathogènes subis dans notre enfance, voici venu le temps des récits imposés, incontournables de l'horreur. L'épuisante enquête menée pendant ma jeunesse m'a laissé d'âpres souvenirs. Dans les années 90 j'aspire à vivre, à aimer en toute liberté loin de ma famille, à me construire loin des cadavres et des horreurs qui ont peuplé les réflexions de ma jeunesse. Mais inexorablement les récits de mon père sur la résistance, la torture, la déportation, me rattrapent, m'intéressent, m'envahissent, m'étouffent parfois. J'écoute et je questionne. Une sournoise culpabilité m'envahit à mon tour, moi l'enfant de survivant. Il me faut écouter. Personne ne me l'a dit mais l'injonction est intériorisée. Une demande implicite va affleurer : « transmettre le souvenir, ne pas oublier ». J'aurai dû protester, partir en courant, hurler «je m'en fiche de tout ça », « ce n'est pas mon histoire ! ». Oui sans doute cela aurait été plus sain pour moi. Mais ce rejet, ce détournement ne m'étaient pas possibles étant restée prisonnière de mes interrogations et confusions de l'enfance.

Enfant de déporté ce n'est pas une sinécure mais une épreuve. Privée d'informations dans notre jeunesse, nous avons navigué dans un labyrinthe obscur qui a fragilisé notre construction identitaire. A l'âge adulte, il a fallu au contraire recevoir et nous accommoder d'un trop plein de récits et témoignages d'horreurs, arrivants en flots ininterrompus. Alors oui il m'est arrivé d'avoir envie d'hurler d'accuser mon père d'un profond égoïsme, de se servir de nous, de nous parler ou de se taire lorsqu'il en avait besoin sans se soucier des conséquences sur nous, ses enfants. Mais je n'ai jamais eu le courage de le faire par peur, par respect et par pitié.

Les survivants n'ont pas, pour la plupart, bénéficié d'accompagnement psychologique. L'après-guerre ne connaissait pas ce genre d'aide à apporter aux traumatisés de la barbarie. La culpabilité d'avoir survécu, la crainte de ne pas être cru empêchaient leur récit juste après guerre. Et puis l'urgence etait là : dans une Europe dévastée il fallait trouver du travail, se loger et élever les enfants qui arrivaient sans prévenir ..

Les enfants de survivants, eux, ont pu s'ils le souhaitaient, trouver une aide à leur détresse énigmatique. Oui énigmatique détresse d'une jeune fille élevée dans un confort réel fait d'appartement bourgeois, d'études confortables dans de bons lycées républicains, de vacances dans de superbes montagnes célèbres dans le monde entier. Et pourtant ... A l'intérieur de cette jolie coquille se cache une âme troublée qui subit une rafale de détresse à chaque contrariété de la vie : chagrin d'amour, difficultés professionnelles. Impossible d'avancer, d'aller plus loin après ces banales épreuves de la vie. Manque de confiance en soi, tout est trop fragile, trop flou. La relation aux autres est brouillée. Les identités et les repères sont floutés et mélangés dans un imbroglio tenace. L'histoire personnelle doit être redécouverte, réécrite au plus près de la réalité afin de pouvoir avancer, continuer à se construire … à faire des choix … à vivre tout simplement… Cette réalité, ma réalité est totalement indissociable de la réalité si longtemps cachée des souffrances de mon père.

Les silences familiaux ont été terriblement dangereux, porte ouverte aux pires interprétations dont il faut ensuite guérir. Oui guérir de ces interprétations erronées. Pour cela un seul chemin : restituer la vérité, connaître la réalité qui nous a emmenés tous dans le labyrinthe opaque des silences traumatisants.

Le traumatisme psychologique lié à la guerre peut déployer son spectre de souffrance durant toute une vie. Le vecteur principal en est le repli, l'isolement, le silence et parfois la violence subite irraisonnée. Les proches sont atteints par ce silence et ces saillies de violence mal perçus et mal interprétés. Les traumatisés de la barbarie n'arrivent pas à raconter. Ils sont trop faibles, et souvent persuadés que personne ne peut les croire. Telle une substance toxique, le traumatisme refoulé va lentement polluer la vie des survivants et leur famille. Le silence va s'imposer sur les souvenirs traumatiques. Mais la mémoire, elle, n'oubliera rien. S'il n'est pas soigné, s'il n'est pas verbalisé, le traumatisme, comme une bombe à retardement, resurgit des décennies plus tard en irradiant bien souvent les proches. Une transmission involontaire et « clandestine » de la tragédie se fera de génération en génération.

Il y a une urgente nécessité de parole chez les rescapés de la torture et de la barbarie. La parole pour combattre les souffrances, le repli, le silence, les violences. La parole pour verbaliser les douleurs. La parole pour se protéger d'un sentiment de culpabilité. La parole pour identifier les victimes et nommer les bourreaux. La parole pour que justice soit rendue. La parole pour que les proches comprennent. La parole pour rétablir la confiance en l'autre. La parole pour renaître.

Oui vraiment, la prise en charge psychologique des traumatisés de guerre et de leurs proches est une nécessité absolue.

« *J'écrirai tes souvenirs* »

Recueil de témoignages

Pierre Jacquin
21 ans
1942 photo d'identité

Résistant arrêté, torturé
déporté en Allemagne
par le convoi I 211 du 12 mai 1944
au départ de Compiègne
à destination de Buchenwald

Interné à
Buchenwald
Wieda
Dora
Bergen Belsen

Dessin d'Auguste Favier

« J'écrirai tes souvenirs ... »

J'écrirai ses souvenirs pour quatre raisons.

✓ *Honorer son courage et sa détermination.*
✓ *Confirmer la nécessité d'accompagner psychologiquement les traumatisés de guerre.*
✓ *Ne pas oublier son histoire singulière et l'inscrire dans la grande histoire.*
✓ *Identifier ma propre histoire.*

L'histoire de mon père est tragiquement banale ; il fut un parmi des milliers ... des millions confrontés aux horreurs de la guerre et de la déportation. Il semble néanmoins important de ne pas oublier chaque histoire singulière avec ses actes individuels et ses situations particulières. Ainsi, se croisent la grande histoire, celle des Etats, des traités des guerres et l'histoire des individus celle des refus, des renoncements, des combats, des trahisons, celle des idéaux, des choix et des valeurs. Chaque parcours individuel participe à la compréhension de la « grande histoire » : sont ainsi mêlés archives et témoignages. C'est cette histoire multiple qui peut sans doute nous aider à mieux appréhender l'avenir.

Sous la torture des français puis des allemands, il n'a pas parlé, n'a pas trahi, a résisté. Sa détermination, son courage, sa réflexion indiquent un cap à tous ceux qui interrogent le passé pour construire l'avenir. Il est toujours instructif de découvrir comment des individus banals, pris dans la tourmente, disent non et résistent à l'obscurantisme et au fascisme. Ils ne sont pas des héros mais des gens ordinaires dont le destin soudain bascule. Leurs valeurs, leur éducation, leur psychologie vont les amener à faire des choix auxquels ils n'étaient pas préparés. Avec persévérance, Ils disent non à la domination et à la barbarie. En toute conscience, ils prennent des risques.

Parmi les déportés qualifiés de politiques par les nazis, beaucoup n'ont pas grand-chose de politique, ils ne sont pas affiliés à un quelconque parti. Leur seul point commun est simplement d'avoir dit « non » à l'occupation allemande, non au fascisme. Ils ne veulent pas *« vivre à genoux »* et se battent pour la liberté de chacun. Leurs choix, leur détermination leur courage sont des balises précieuses pour avancer dans le monde d'aujourd'hui. Ces difficiles expériences constituent la meilleure des boussoles pour naviguer dans les tourments de notre société actuelle.

Lutter contre l'oubli, écrire l'histoire. Etrange entreprise que celle de transcrire les souvenirs de quelqu'un d'autre. A quatre-vingt-onze ans, Pierre Jacquin demandait à ses enfants de ne pas oublier les désastres du fascisme. A l'aube de son départ définitif, j'ai décidé de rédiger tout ce que mon père m'a raconté de sa déportation dans les camps nazis. Cette transcription vient accompagner son propre témoignage écrit en 1995, intitulé : « A propos d'une déportation … Pour la mémoire ». Ses récits oraux confirment mais aussi complètent son témoignage écrit.

Avant de me lancer dans l'écriture de ces récits paternels, j'ai beaucoup hésité. C'est une bien étrange aventure d'écrire des souvenirs qui ne nous appartiennent pas. Souvent envahissants, troublants, surgissant à des moments inattendus, ces témoignages me dérangeaient et m'étaient nécessaires à la fois. Durant seize ans, lentement, progressivement, en prenant connaissance avec précision de ses souvenirs traumatiques, je suis parvenue à dissocier son histoire de la mienne.

Trop longtemps j'ai eu l'impression étrange de souffrir d'un passé qui n'était pas le mien. Il m'arrivait d'avoir des tourments et tristesses que je ne m'expliquais pas. Sans raison, une grande méfiance « des autres » m'envahissait parfois. Le temps et la réflexion m'ont permis de comprendre que ces attitudes étaient suspendues à une histoire qui n'était pas la mienne.

En recueillant ces souvenirs, je réalisais un véritable accouchement de ce qu'était ma propre histoire. Je coupais le cordon ombilical d'avec mon père. Son passé traumatique lui appartenait ; en résonnance mes questionnements trouvaient réponse.

Enfin j'affirmais calmement et en toute conscience,
que je n'étais pas un « lieber Koukouchinsky ».

Veronica Estay Stange

Docteure en littérature française, est fille de résistant chilien. Son père a survécu à la torture du régime de Pinochet.

Elle publie un article très intéressant en août 2017 dans la revue « Esprit » intitulé :

« Survivre à la survie
Remarques sur la post-mémoire ».

Son éclairage sur l'infra-mémoire et la post-mémoire décrit avec finesse la transmission des traumatismes entre les survivants et leurs enfants.

J'écrirai tes souvenirs

recueil de témoignages

Recherche clandestinité et plus si affinités

L'entrée en résistance

La gestapo de Clermont-Ferrand

La grande disparition

L'arrivée à Buchenwald

Tentative d'évasion

Le bunker de Dora

Le strafkommando de Dora

l'évacuation allemande

La libération écossaise

Le retour

Jusqu'au dernier souffle

Recherche clandestinité et plus si affinités

En 1943, Pierre Jacquin, 22 ans, doit partir au STO service de travail obligatoire en Allemagne. Il refuse catégoriquement, c'est une évidence pour lui et ses parents. Le père, survivant gazé de la guerre 14-18, a la « haine du boche » solidement chevillée au corps. Le fils, lui, a un tempérament d'insoumis, prêt à l'engagement pour servir ses valeurs. Il souhaite devenir pilote dans l'armée de l'air, plus précisément dans l'Aéronavale, pilote embarqué sur porte-avions. Tel est son objectif, depuis l'adolescence Saint Exupéry est son héros. Réservé, sérieux, calme et précis il a une forte énergie et « une grande volonté » répétait sa mère. Pierre ne savait pas encore qu'il serait courageux mais sa conviction était faite : il ne se soumettra pas aux autorités allemandes. Comment disparaître ? Il s'accommode de cette question angoissante en recherchant une opportunité qui le conduirait à Londres ou en clandestinité.

Avec son très bon ami Pierre Nifnecker, ils souhaitent rejoindre l'Angleterre par l'Espagne. Une religieuse en lien avec la résistance, Sœur Baverez, leur indique un passeur. Mais ce passeur qui devait les aider à franchir la frontière franco-espagnole dans les Pyrénées, n'est jamais venu. Ils apprirent, bien plus tard, qu'il s'agissait d'un résistant alsacien, Paul Köpfler, qui faisait passer la ligne de démarcation de 1940 à 1942 entre Arbois et Poligny dans le Jura. En 1942 les allemands occupent l'intégralité de la France. Paul Köpfler est donc envoyé, début 1943, à la frontière espagnole. Les deux Pierre, Nifnecker et Jacquin, devaient être ses premiers

« clients ». Avant de quitter la Franche-Comté pour l'Espagne l'alsacien organisa un pot de l'amitié avec quelques résistants. Un groupe d'hommes armés fit irruption et les tua tous à la mitraillette.

Plus tard, Sœur Baverez fut arrêtée puis déportée à Ravensbrück d'où elle n'est pas revenue. Ses cendres reposent dans le lac proche du crématoire de Ravensbrück.

Les deux Pierre sont bredouilles : ni passage ni passeur, retour à la case départ. Les déplacements sont dangereux dans une France truffée de nazis, de soldats allemands et de miliciens français. Se cacher est une épreuve permanente de jour comme de nuit. De retour à Besançon, les deux jeunes garçons ne savent toujours pas « où se planquer » pour échapper aux allemands, l'inquiétude est quotidienne, grandissante. Les allemands sont partout à Besançon en « zone interdite » envahie dès 1940. Finalement Nifnecker trouvera refuge dans un maquis du Jura et Jacquin dans un maquis de Dordogne. Roger Walter, ami de son père, rencontré par hasard dans la rue lui indique le chantier du Barrage de l'Aigle sur la Dordogne, où l'un de ses camarades de l'école des Ponts et Chaussées, André Decelle, dirige les travaux de construction mais aussi accueille des réfractaires au STO. C'est ainsi que Pierre Jacquin, 22 ans, quitte sa famille et sa ville Besançon, afin de se rendre au Barrage de l'Aigle sur La Dordogne entre Corrèze et Cantal, région qu'il ne connaît absolument pas. Il va trouver là-bas dans la vallée austère de la haute Dordogne un refuge clandestin qui va lui permettre de se cacher et se soustraire aux autorités allemandes, c'est une priorité absolue pour Pierre à cette période. Le hasard fait qu'il se rapproche ainsi de Jacqueline, son amie de cœur, réfugiée dans un village familial corrézien.

André Decelle, 33 ans, est polytechnicien et ingénieur des Ponts et Chaussées mais il est également un chef de la résistance du Massif Central sous le nom de « Commandant Didier » et effectue une double mission : officiellement pour les allemands, il est en charge de la construction du barrage hydroélectrique de l'Aigle sur la Dordogne, chantier que les nazis surveillent de près car prometteur d'électricité. Mais clandestinement le commandant Didier alias Decelle dirige une importante organisation de résistance qui se cache au sein même du chantier officiel du barrage. Cette double activité sur un même lieu est naturellement très dangereuse mais André Decelle pilote ses actions de résistance avec détermination, habileté et courage. La construction du barrage de l'Aigle permet ainsi l'accueil et la protection de nombreux résistants de toute l'Europe de l'ouest qui fuient le fascisme : réfugiés républicains espagnols, démocrates allemands, réfractaires français au STO s'y côtoient et travaillent ensemble. Les travaux du barrage avancent suffisamment rapidement pour rassurer les autorités allemandes qui veillent, mais avancent également suffisamment lentement pour réserver cette source d'énergie à la reconstruction de la France après la libération. Le tempo est savamment orchestré par André Decelle. L'originalité et la réussite de ce réseau de résistance proviennent de cette double action : officielle et clandestine. Les travaux du barrage cachent vigoureusement un réseau très actif de résistance en lien direct avec Londres. André Decelle a été l'artisan exemplaire de cette double action. Attentifs et protecteurs pour les hommes nombreux engagés à ses côtés, prudent et combattif avec les autorités allemandes. Son réseau est rattaché à l'ORA Organisation de Résistance de l'Armée. L'ORA fusionne en février 1944 avec l'Armée Secrète et les FTP pour former les FFI. De nombreux parachutages d'armes, en provenance d'Angleterre, sont effectués de nuit dans le secteur du barrage.

Pierre Jacquin est presqu'encore un gamin qui a comme seule formation un bac scientifique et une première année de préparation math-sup. Son rêve ultime est de devenir pilote sur les porte-avions de la Marine Nationale. Admissible au concours de l'Armée de l'Air il n'est pas admis à l'oral en 1940, la guerre interrompt ses études. Il parle et lit très bien l'allemand qu'il a appris avec intérêt au lycée Stanislas à Paris mais n'a aucune formation lui permettant de travailler sur le chantier du barrage de l'Aigle. André Decelle l'affecte donc au centre de documentation du barrage où se trouvent de nombreux documents sur l'hydroélectricité rédigés en allemand. Pierre va lire, traduire et trier toute cette documentation et apprend ainsi beaucoup sur cette nouvelle technologie hydroélectrique née en Allemagne et en Suisse quelques années auparavant.

L'entrée en Résistance

Quelques temps après son installation dans ce centre de documentation, André Decelle explique à Pierre Jacquin la réalité secrète du chantier : le réseau et l'activité de résistance. Le « Commandant Didier » lui propose de se joindre au groupe de résistance mais lui impose 24 heures de réflexion. Pierre accepte sur l'instant et confirme sa décision le lendemain. Il prend le nom de code « Brun » pour la résistance et est placé sous l'autorité d'un certain « Bruno ». A la demande du commandant Didier le jeune Pierre effectue des missions de « boîte aux lettres » qui consistent à se rendre à Clermont-Ferrand afin d'échanger des informations avec un dénommé Job (nom de code) contact radio avec Londres. Il s'agit souvent de données relatives aux parachutages en provenance d'Angleterre : localisation, horaires, nature des feux d'identification de la zone de largage. Les remarquables pilotes britanniques opèrent de nuit ; les nuits sans lune ou presque. Leurs contraintes techniques et météorologiques doivent s'harmoniser avec les informations fournies par les résistants français sur l'approche et la localisation du terrain. Les échanges d'informations entre les résistants du barrage de l'Aigle et les pilotes anglais sont donc cruciaux pour la réalisation de ces opérations aériennes nocturnes, dangereuses. « Orion pavoise le ciel » a été le premier message envoyé par Radio-Londres en 1943 au maquis du barrage de l'Aigle. Ce message annonciateur de largage d'armes fut une joie immense pour tous les résistants du barrage.

La gestapo de Clermont-Ferrand

Les missions « boîte aux lettres » se déroulaient à Clermont Ferrand boulevard Gergovia où il fallait y rencontrer, devant la polyclinique, un dénommé Ulysse chargé de transmettre à Job. Quatre ou cinq résistants du barrage de l'Aigle étaient affectés à ce genre de mission dont Pierre, un dénommé Bastard et un jeune abbé Brière. Le 28 février 1944, jour de son arrestation, Pierre Jacquin remplace l'abbé Brière, qui ne pouvait pas effectuer cette mission.

Pierre se rend en train, à Clermont-Ferrand, afin de rencontrer le fameux Ulysse (*nom de code*) et lui transmettre oralement des informations. Il a un cartable contenant des documents en allemand sur l'hydroélectricité : cette documentation sert de leurre. Afin d'indiquer que tout est normal Pierre tient sous le bras le journal « Signal », torchon de propagande nazi. Il aperçoit Ulysse qu'il a déjà rencontré dans de pareilles circonstances, et remarque son extrême pâleur. Ulysse paraît fatigué et mal rasé. Soudain deux agents français de la gestapo, en civil, cachés derrière des arbres, saisissent Pierre par les deux bras et le font monter très rapidement et de force dans une traction stationnée à proximité.

Ulysse arrêté quelques jours auparavant, a servi « d'appât » pour l'arrestation de Pierre alias « Brun » ainsi que Job, le contact radio arrêté quelques heures auparavant. Ces arrestations sont de façon évidente le résultat d'une dénonciation. Mais jamais personne n'a eu d'explications claires. Il a été évoqué un résistant dénommé « Charlemagne » qui aurait beaucoup trop bavardé dans un train avec des allemands mais rien n'a jamais été formellement établi sur la cause de l'arrestation d'Ulysse, de Job et de Brun. Une seule certitude : ces arrestations n'ont été rendues possibles que par une dénonciation.

Enfoui dans la traction, encadré par les deux agents de la gestapo le jeune Pierre est emmené au commandement de la gestapo à Chamalières. Là il patiente de longues heures. Durant cette interminable attente il réalise qu'il va devoir se taire quoi qu'il arrive et mesure parfaitement le désastre en cascade que pourrait provoquer ses propos s'il parlait d'une quelconque manière du réseau de résistance du barrage de l'Aigle. Il se fait la promesse de ne jamais trahir André Decelle et son réseau. Il lui est très reconnaissant de l'avoir recueilli quand il cherchait la clandestinité et ne savait pas où aller pour échapper au STO. Il n'imagine pas une seule seconde mettre en péril le commandant Didier et tous les hommes qui l'accompagnent dans les actions de lutte contre l'occupation allemande et la préparation d'actions armées pour la libération. Bien que très jeune, Pierre devine les dangers des futurs interrogatoires, seul face à lui-même, Il sait qu'il peut mourir. Dans sa solitude et sa jeunesse, Pierre, 22 ans, déterminé, endurci, courageux, sait qu'il est prêt à mourir plutôt que de trahir. Durant cette longue attente à la gestapo, il demande à aller aux toilettes : là, il va déchirer en tout petits bouts les documents pouvant identifier le barrage de l'Aigle. Il va ensuite les avaler méticuleusement. Ne laisser aucune trace du barrage de l'Aigle…surtout aucune trace… Il ne garde dans sa sacoche que des renseignements techniques généraux sur l'hydroélectricité qui vont lui permettre de « jouer les imbéciles » au cours de l'interrogatoire qui s'annonce. Il sait qu'il va devoir jouer jusqu'au bout le rôle du « documentaliste-borné-en hydroélectricité ». Lors du premier interrogatoire il affirme donc ne rien comprendre et être venu à Clermont Ferrand en tant que documentaliste-hydraulicien pour transmettre des informations techniques sur l'hydroélectricité : le contenu de sa sacoche en atteste. Quelques coups de poings dans la figure essaient de le faire changer d'avis, mais…

non …non vraiment …

A l'issu de cet interrogatoire musclé il est transféré à la prison de Clermont-Ferrand installée dans l'ancienne caserne militaire. Il est détenu avec plusieurs autres prisonniers dans une grande cellule collective où se côtoient de nombreux résistants de la région Auvergne : notaire, apiculteur, militaire, vieux vicomte, ouvrier, étudiant, agriculteur …. Ses compagnons de cellule sont de tous horizons. Il va subir dans cette prison, de nombreux interrogatoires menés par un certain Mathieu, agent français de la gestapo, qui lui ordonne de se déshabiller complétement et le frappe avec une matraque et avec ses poings. Souvent attaché nu à une chaise, assis, ou courbé tête en avant Pierre est frappé à de nombreuses reprises jusqu'au sang par Mathieu et ses trois adjoints zélés, Bresson et les deux frères Vernières. Il est remis en cellule souvent inconscient mais jamais il ne parle. Mathieu soupçonne un réseau de résistance et veut savoir qui l'envoie à Clermont-Ferrand. Jamais il ne parle. Il continue inlassablement à faire « l'idiot-documentaliste-en-hydroélectricité ». A cette période il sait qu'il peut mourir : mais quoi qu'il arrive, il s'est fait la promesse de ne pas parler, de ne pas trahir.

L'un de ses compagnons de cellule Albert Bahne, (*environ 30 ans*) jeune pilote de l'armée de l'air, tente de veiller sur lui. Ce jeune militaire n'est pas soumis, pour le moment, aux mêmes atrocités, peut-être son statut de militaire le protège-t-il encore un peu. Il veille sur Pierre comme il peut, avec bienveillance. Pierre Jacquin est maltraité, questionné, torturé pendant de longs jours. Il ne se souvient plus combien. Albert Bahne lui restitue sa mémoire en 1990 lorsqu'ils se retrouvent autour de l'historien André Sellier pour l'écriture d'un livre sur le camp de déportation de Dora. Albert Bahne lui rappelle alors que son incarcération et ses tortures à Clermont-Ferrand ont duré un mois et qu'il revenait souvent inconscient des interrogatoires. Un jour, lui précise Albert Bahne, il est revenu avec le visage marqué de nombreuses traces verticales qui le défiguraient du front au menton. Durant ce mois de détention Pierre Jacquin est souvent inconscient après les violences subies au cours des interrogatoires menés par ces sinistres français miliciens.

Dans la cellule collective d'à côté se trouve le mari de Christine Ménager, une amie de Jacqueline Boyer, son amie de cœur. Ils se parlent un peu à travers le mur. Ce jeune militaire ne reviendra pas de déportation. C'est toujours à travers le mur qu'il apprend que Job (contact radio avec Londres) détenu dans la cellule d'à côté, n'a pas parlé. Cela lui redonne quelques forces pour consolider sa détermination : quoi qu'il arrive il ne parlera pas…

La grande disparition

Au bout d'un mois, sans explication, sans doute persuadé qu'il ne tirera rien de ce « documentaliste-idiot », le tortionnaire Mathieu livre ce prisonnier aux Allemands qui l'expédient au camp de transit de Compiègne. Pierre Jacquin et Albert Bahne sont transférés à Compiègne séparément. Le transfert de Clermont-Ferrand à Compiègne s'effectue dans des trains de voyageurs en compartiment, menotté, encadré par des gendarmes français.

Au camp de Compiègne Pierre, né à Besançon, retrouve des bisontins *(habitants de Besançon)*. Un noble, âgé, originaire du Doubs a reçu un colis : il le partage avec les quelques bisontins présents. Ce partage est précieux pour tenter de calmer les douleurs du corps et de l'esprit. Tout le monde parle de l'Allemagne avec grande inquiétude. Quand ? Vers où ? L'Allemagne est si vaste …

Le jour du départ la destination est toujours inconnue. Les derniers signes de vie vont joncher nonchalamment le ballast : comme de nombreux déportés, Pierre jette vers le quai depuis le wagon un message écrit sur un petit bout de papier, le seul dont il pouvait disposer, du papier toilette. Dernière et dérisoire tentative pour communiquer avec ceux qui leur sont chers. Les cheminots de Compiègne ont l'habitude de ramasser ces fragiles missives après le départ des trains de déportés. Entassés dans les wagons, de nombreux déportés lancent vers le quai ces fragiles papiers, comme une bouteille à la mer, et tentent ainsi de laisser une ultime trace de vie.

L'étrange et frêle message de Pierre arrivera à destination à Besançon chez Jacqueline Boyer, son amoureuse ; une petite écriture fine et régulière recouvre cette humble feuille de hasard jetée avant le grand départ : quelques mots d'un amour solide mêlés à l'angoisse de partir vers l'Allemagne sans savoir où.
« *Nous partons vers l'Allemagne mais ne savons pas vers quelle destination* » sa petite écriture remplit l'intégralité du petit bout de papier. Elle se faufile en horizontal et vertical occupant tout l'espace de cette triste petite feuille. Tout dire, communiquer encore et encore avec celle qui compte le plus au monde pour lui. Réaffirmer son amour pour mieux revenir, indiquer qu'il est en vie, lui qui a disparu depuis déjà plusieurs mois.

« Préviens mes parents » précise Pierre, 23 ans. Jacqueline ira timidement informer ces gens qu'elle ne connaît pas. L'échange sera bref, froid et triste. Ce message est le tout dernier signe de vie de celui qui va disparaître et devenir 49 647. Plus personne n'entendra parler de lui. L'absence sera totale.

De Compiègne Albert Bahne et Pierre Jacquin sont déportés à Buchenwald dans le même sinistre train de wagons à bestiaux entassés debout avec une centaine d'autres déportés : 106 exactement. Certains racontent qu'après Lunéville le train est ralenti par une côte : « c'est à ce moment- là qu'il faut tenter une évasion » affirment ceux qui veulent s'enfuir. Après quelques heures d'épuisement, de promiscuité et sueur le train ralentit effectivement et s'arrête. Les plus téméraires sont bien décidés à ouvrir la porte du wagon mais soudain des hurlements en allemand et des rafales de mitraillettes tétanisent les plus hardis. Finalement la porte du wagon ne s'ouvre pas et le train repart lentement très lentement. La nuit va apporter les premières saillies de folie dans cet espace confiné, sale. Les centaines de corps sont imbriqués les uns dans les autres dans une souffrance totale, l'air est vicié et rare. Parfois la respiration s'arrête. Le train s'immobilise dans quelques gares allemandes, des hurlements, des appels au secours jaillissent des wagons. *« au secours nous mourons »* *« on a soif de l'eau nous mourons »* Le silence est la seule réponse. Après trois jours d'un voyage effrayant épuisant insoutenable les déportés arrivent à destination : l'inconnu. Dans le wagon plusieurs compagnons sont morts, d'autres ont perdu la raison, d'autres, comme Pierre, sont inconscients.

Au barrage de l'Aigle en Dordogne, à l'annonce de l'arrestation de Pierre Jacquin, André Decelle est naturellement très inquiet. Il arrête provisoirement toute activité clandestine craignant les tortures infligées à Pierre et leurs éventuelles conséquences. Quelques semaines passent et force est de constater que le réseau est toujours ignoré des allemands et de la gestapo. Au barrage ils apprennent que Pierre a été transféré à Compiègne, puis l'information capitale leur parvient : « Jacquin n'a pas parlé ».

les activités clandestines du barrage reprennent : les parachutages d'armes venues d'Angleterre peuvent à nouveau avoir lieu la nuit. Decelle-Commandant-Didier et son réseau organisent et réalisent des actions de sabotages et de combats remarquables pour la libération en Auvergne.
André Decelle n'oubliera jamais ce que ces actions doivent au courage de Pierre Jacquin et veillera sur lui

à son retour de déportation. Il l'aidera à reprendre ses études puis à faire une carrière d'ingénieur hydraulicien à EDF. Ils resteront en contact toute leur vie.

L'arrivée à Buchenwald

Parti de Compiègne le 12 mai, l'arrivée à Buchenwald de Pierre a lieu le 15 mai 1944. L'ouverture de la porte du wagon et l'air froid qui s'engouffre dans ce petit espace confiné réveillent Pierre qui avait sombré dans l'inconscience. Il y a des morts dans le wagon. Certains déportés ont perdu la raison. Les allemands hurlent des ordres et des insultes, les chiens et les gummi (*matraques SS*) mordent et frappent.

Dans le camp de quarantaine de Buchenwald, (nommé le « petit camp »), les déportés sont rasés sur tout le corps et désinfectés en étant plongés dans un réservoir de liquide marron répugnant. Un pyjama rayé sale, dégoutant, troué et plein de puces leur est distribué. Chacun doit ensuite coudre sommairement un triangle rouge avec un numéro sur la veste en lambeaux.

Pierre devient 49 647.

Cf le decrêt du 7 décembre 1941 décrêt « Nacht und Nebel » Nuit et Brouillard signé par le maréchal Keitel. NN. Les opposants au Reich devaient devenir des prisonniers « Nacht und Nebel », nuit et brouillard, qui devaient être transférés et disparaître dans le plus grand secret ...dans la nuit et le brouillard...

Au petit camp de Buchenwald, une rumeur s'échange discrètement : « tentez de ne pas aller à Dora, là-bas c'est encore pire qu'à Buchenwald ». Le camp de Dora est appelé « Dora la mort ». Au bout de quelques jours, Pierre Jacquin fait partie d'un convoi pour Dora.

Tentative d'évasion

Avant d'être envoyé à Dora, Pierre est affecté à Wieda, un camp satellite de Buchenwald, où les déportés font des travaux de terrassement. Pierre ne pense qu'à une chose : s'évader. Pour ce projet d'évasion, il s'associe à un déporté bisontin dénommé Moutel. Ce camarade de misère est plus âgé et costaud que Pierre. Jacquin, lui, parle très bien l'allemand, tous deux se sentent complémentaires. Ils vont échanger pendant plusieurs jours leur ration d'alimentation contre des habits civils que peuvent leur fournir des déportés allemands. Le 1 juillet 1944, ils enfilent les habits civils sous leur rayé. Ils travaillent dehors au terrassement, le soleil brille dans un ciel d'azur. Un de leurs gardiens SS s'éloigne « pour pisser » ils en profitent pour s'enfuir en courant à travers un champ de blé. A son retour le gardien s'aperçoit de la fuite en retrouvant le rayé que Moutel a laissé au bord du chemin. L'alerte est donnée. Hurlements et chiens se déchaînent. Des gardiens aperçoivent une trace laissée dans le champ de blé : ils s'engouffrent dans cette trace, persuadés d'y retrouver très vite l'homme qui a abandonné son rayé. Les chiens se précipitent sur le fuyard, et attrapent un jeune homme... en rayé. Fureur décuplée des SS : il n'y a donc pas un évadé mais deux ! Pierre Jacquin, qui a encore son rayé, est arrêté brutalement : les gardiens et les chiens allemands sont fous et s'acharnent sur ce déporté qui a tenté de s'enfuir.

Moutel est rattrapé un mois plus tard. Il a erré la nuit pendant un mois dans la campagne allemande, il ne parle pas un mot d'allemand, épuisé il marche la nuit et dort le jour se cachant où il peut. Mais un matin très tôt, affamé, il s'approche de Göttingen, espérant y trouver quelque chose à manger. Dans ce petit matin de souffrance, il est aperçu par un « bon allemand » qui jardine au cœur de l'été. Le germanique s'adresse à Moutel qui, ne comprenant pas un mot d'allemand, ne répond pas et s'éloigne rapidement. Le crâne rasé et l'allure épuisée de Moutel incitent ce « bon allemand » à prévenir la police : Moutel est ramené au camp de Dora par la police allemande trente jours après s'en être échappé. Il est enfermé au bunker (*prison du camp*) durant un mois.

Pierre Jacquin, lui, arrêté quelques minutes après sa tentative d'évasion, est exposé sur une table à l'entrée du camp avec « la strasse » *(la rue)* sur la tête. Il s'agit d'une tonsure extrême au milieu du crâne qui identifie les condamnés à mort. Il est exposé ainsi sur une table à l'entrée du camp pour dissuader les autres déportés de faire une tentative d'évasion. Après cette longue exposition humiliante effrayante et épuisante, un gradé SS ordonne à un gardien d'emmener le prisonnier et de l'abattre. Le gardien est jeune, comme Pierre. Il emmène le prisonnier dans une petite cabane pour l'exécution prend son arme et s'apprête à tirer. Pierre se met alors à genoux et supplie son bourreau en allemand de ne pas le tuer. Jacquin parle très bien l'allemand : il s'exprime en hochdeutsh « allemand littéraire » tandis que le gardien SS parle avec un fort accent rustique bavarois. Pierre Jacquin lui dit : « Ich bin ein soldat wie Sie » *je suis un soldat comme vous*. Cette phrase suspend le temps : le gardien SS range son arme et expédie

Pierre à la prison du camp de Dora « le bunker » où il sera interné trois longs mois. Il sera ensuite affecté au strafkommando, le commando spécial « des punis », des pires besognes, des pendus pour l'exemple...

Le bunker de Dora

Trois mois de bunker (*juillet août septembre 1944*) : au début le bunker est en construction. Pierre est tout d'abord enfermé dans une cellule collective où les prisonniers doivent rester debout toute la journée, les mains attachées dans le dos. S'y trouvent plusieurs prisonniers allemands, beaucoup sont communistes et emprisonnés depuis de longues années. D'autres nationalités sont représentées notamment un très jeune berger yougoslave qui pleure souvent. Il porte un triangle rose désignant les homosexuels, il tremble pleure beaucoup et ne parle pas allemand. Ce jeune berger partage avec Pierre une vieille couverture pour protéger leurs pieds du froid pendant la nuit, ébauche de camaraderie dans cet univers d'horreur. Un jour, sans prévenir et sans explication, un gardien SS désigne ce berger yougoslave et l'emmène. Il est pendu, avec d'autres, dans les minutes qui suivent devant le bunker. Pierre et ses compagnons de cellule observent terrifiés par un soupirail cette exécution collective.

Chaque jour l'un des gardiens, toujours le même, vient dans la cellule collective. Une sorte de préposé à la violence extrême. Il ôte sa montre : c'est le sinistre signal, il va choisir un prisonnier et lui « casser la gueule ». Le jour arrive ou l'ignoble choix se porte sur « der Franzose » *le français* : Jacquin 23 ans. Les coups violents se succèdent à la tête. Pierre tombe au sol à plusieurs reprises, le SS le relève et approche son visage de la tête de sa victime. Il plante ses petits yeux dans le regard de sa proie. Pierre se souvient de son visage hideux, haineux rouge et transpirant. Les coups douloureux s'enchaînent à un rythme infernal. La mâchoire est la cible privilégiée du bourreau. La violence est interminable. Après de nombreuses insultes et plusieurs rafales de coups de poing le SS abandonne le déporté au sol.

Le lendemain la mâchoire de Pierre est douloureuse et très enflée. Une fièvre forte et violente accompagne des douleurs intenses et un état quasi inconscient. Fritz, prisonnier allemand, présent dans la cellule collective tente de veiller sur lui. Il supplie à plusieurs reprises un gardien SS d'emmener Pierre au Revier (*infirmerie du camp*). Après de longues heures, sa demande finit par aboutir : la blessure au visage de Pierre devient malodorante.

Au revier, le Docteur Girard, déporté français, d'environ soixante ans, accueille les prisonniers qui lui sont amenés et tente de les soigner avec les moyens du bord. Les outils médicaux dont il dispose sont dérisoires. Pour Pierre, Il incise avec un couteau de cuisine sous la mâchoire afin d'évacuer le pue, un flegmon énorme s'était formé. Au milieu de toutes ces souffrances la douleur n'existe pas, n'existe plus. Le Docteur Girard pose ensuite un drain avec du papier journal. Dérisoire chirurgie …Néanmoins, d'après Pierre, ces deux gestes lui ont momentanément sauvé la vie.

Le Docteur Girard n'est pas revenu de Dora, il est mort en déportation. Fritz, déporté communiste allemand a été pendu avec sept autres communistes allemands « pour l'exemple » sur la place centrale du camp de Dora quelques jours avant l'évacuation du camp.

Après une journée au revier, Pierre est renvoyé au bunker, avec son drain en papier journal et sa fièvre. Les travaux du bunker étant achevés, Il est mis dans une petite cellule sans fenêtre qu'il doit partager avec trois autres déportés dont un prisonnier russe de droit commun. Ce camarade de cellule regrette la prison de Dniepropetrovsk où les conditions étaient meilleures et bouscule souvent le jeune Pierre qu'il accuse de puer du fait de sa large blessure à la mâchoire et de son pansement bricolé. Le russe traite Pierre de « musulman », insulte majeure entre déportés signifiant approximativement « tu vas bientôt mourir ». La cohabitation avec ce prisonnier russe est très pénible. Attachés dos à dos, dans cette minuscule cellule les journées sont faites d'insultes brimades et bousculades de la part de ce « triangle vert ». Le russe exige qu'on le débarrasse « du français » son puant compagnon de cellule. Au bout de nombreux jours le russe est emmené par des gardiens SS vers un destin inconnu.

Pierre partage ensuite la cellule avec un militaire tchèque blessé. Ce dernier propose, pour combattre le temps, que chacun d'eux raconte leur ville respective. Les deux prisonniers, bien que très mal en point tous les deux, vont se parler ainsi pendant des jours et des nuits, de Besançon et Prague dans les moindres détails. Affaiblis, attachés, gravement blessés tous les deux, ils vont pratiquer « l'évasion mentale » afin de survivre. Le militaire tchèque est un homme bienveillant et cultivé qui décrit l'histoire la géographie l'architecture de Prague avec clarté et précision. Pierre raconte aussi sa ville avec beaucoup de détails. Des points communs vont bientôt unir Prague et Besançon : les fleuves et leurs rives La Vtlava et Le

Doubs, les collines environnantes, les beautés d'un climat neigeux et glacial en hiver, la communauté juive, l'histoire militaire, l'horlogerie et les cathédrales ... Au milieu de leurs souffrances physiques intenses et d'une promiscuité qui les enchaîne, les deux déportés se parlent en français et en allemand. Leur communion, leur entraide est totale, jusqu'à ce qu'un SS les sépare définitivement.

Pierre Jacquin n'est jamais allé à Prague. A la fin de sa vie il dit : « je n'ai pas besoin d'aller à Prague, c'est une très belle ville, je la connais parfaitement. » Plusieurs décennies après la guerre, Pierre retrouvera le nom de son compagnon tchèque au bas d'un article écrit dans le journal « Le Monde ». Etait-ce lui ou un homomyme ? Il ne le saura jamais. Malgré les sollicitations de son épouse, Pierre n'aura pas l'envie de contacter le journal. Impossible pour lui de renouer avec ce passé ...

Prague   octobre 2010

Le strafkommando

Après trois mois de bunker Pierre est affecté au strafkommando ; commando spécial « des punis » où se retrouvent, entre autres, tous ceux qui ont fait une tentative d'évasion. Ce kommando a la charge des pires besognes. C'est aussi, souvent de ce commando que sont extraits les déportés pendus publiquement au centre du camp « pour l'exemple. ». Dans ce commando les déportés portent l'insigne des évadés, le fluchtpunkt, un cercle rouge sur fond blanc servant de cible pour les fusils SS. Ils travaillent dehors toute la journée et l'hiver 44-45 fut particulièrement rigoureux dans cette région du Harz. Les hurlements, les insultes et les coups de matraques sont permanents. « Untermenschen » *sous-homme* « schweinehund » *pas d'équivalent en français : insulte ultime en rapport avec le porc et le chien.* Ces insultes accompagnées de violences sont vociférées par tous les gardiens SS du camp sans exception. L'horreur est totale ; l'abomination de voir partir un camarade pour l'exécution publique. Les cadavres des malheureux camarades blessés, épuisés achevés qui peuplent les espaces. Les fours crématoires qui fument nuits et jours et empestent l'air d'une odeur âcre insupportable.

Le 5 février 1945 arrivent à Dora des trains de déportés en provenance d'Auschwitz. Ce camp a été libéré par les soviétiques le 27 janvier 1945. A partir du 17 janvier les nazis évacuent Auschwitz et expédient les déportés dans d'autres camps. Les malheureux sont lancés à pied sur les routes ou transportés dans des wagons de marchandises ouverts, sans toit ni bâche, recouverts de neige. La Pologne est glaciale en hiver. A leur arrivée à Dora, après environ quinze jours d'errance dans un hiver glacé, les wagons sont remplis de cadavres. Seuls quelques très rares survivants bougent encore :

ils ont totalement perdu la raison. Pierre Jacquin fait partie d'un groupe du strafkommando à qui il est ordonné de dresser d'immenses bûchers pour brûler tous les morts de ces trains en provenance d'Auschwitz. Les fours crématoires de Dora tournent à plein régime et ne peuvent pas « prendre en charge » ces trains entiers de cadavres. Les nazis ordonnent donc de dresser ces tragiques bûchers. Les déportés sous les coups des matraques et la menace des fusils et des chiens, doivent aller couper le bois dans la forêt voisine puis monter le bûcher en alternant une couche de bois une couche de cadavres. Celui qui n'obéit pas est immédiatement tué par balle. Les prisonniers maigres malades, atrocement diminués, habillés d'un simple pyjama dans l'hiver glacé, tentent de sauver leur vie dans ce cauchemar.

Parmi tous les récits de Pierre, celui de cette journée du 5 février 1945 à Dora le bouleverse totalement. Son visage se tord, sa respiration est haletante, ses lèvres tremblent, les larmes le submergent complètement.

Evacuation allemande

Avril 1945, Les armées britanniques et américaines s'approchent du centre de l'Allemagne et donc du camp de Dora. De janvier à mai 1945 les nazis procèdent à l'évacuation des camps pour tenter d'effacer les traces de leurs crimes dans un jusqu'au boutisme de pure folie. Durant quatre mois des centaines de trains et de convois pédestres de cadavres ambulants vont sillonner l'Allemagne en tous sens.

L'évacuation du camp de concentration de Dora est entreprise par les nazis les 5 et 6 avril 1945 à pied ou en train de marchandise. Près de 20 000 détenus, destinés à Neuengamme, sont finalement répartis dans la région de Bergen-Belsen (nord de l'Allemagne) après des parcours en train incohérents faits d'arrêts fréquents et de départs en sens inverse. Pierre est dans un wagon de marchandises ouvert sans toit ni bâche, et qui « pue ». Les mêmes wagons que ceux venus d'Auschwitz... Le train roule lentement s'arrête souvent. Les déportés ne savent pas où ils vont ni pourquoi ils sont déplacés. Pierre a la certitude, à ce moment-là, qu'ils sont emmenés pour être « zigouillés ». Maigres, malades, très affaiblis les déportés n'ont rien à manger ni à boire pendant huit jours. Au bout de plusieurs jours le train entre en gare de Hambourg puis repart aussitôt en marche arrière pour stationner à l'écart de la gare. Là, Pierre pense que sa dernière heure est cette fois vraiment arrivée et qu'ils vont tous mourir sous les bombes de l'aviation alliée qui passe au-dessus de leur tête et bombarde la ville d'Hambourg, toute proche. Il a la forte impression que le train et les allemands font n'importe quoi et qu'il va mourir très bientôt. Les déportés ne savent pas que les armées terrestres alliées sont toutes proches. Le lendemain, sans explication, le train repart vers le sud. La destination finale est le camp de Bergen-Belsen. Les déportés sont entassés dans des baraquements extérieurs, attenants au camp, le camp principal est en surpopulation totale et le typhus s'y répand.

Libération écossaise

Le 15 avril 1945 L'armée anglaise libère le camp de Bergen-Belsen. Un bataillon d'écossais s'occupe du groupe de déportés dont fait partie Pierre. Certains gradés écossais sont en kilt. Cette originalité réveille l'attention de Pierre : la « vraie vie » n'est peut-être plus très loin. Les déportés sont regroupés par nationalité. Un gradé écossais s'adresse au groupe de déportés en français. Il les rassure :

« Nous allons nous occuper de vous, vous donner à manger et vous rapatrier dans votre pays. »

Des voitures de l'armée anglaise apportent des biens de première nécessité à Bergen Belsen et repartent à vide. Après quelques jours, les voitures repartent avec les déportés transportables à leur bord vers une base arrière. Là les déportés sont embarqués dans des avions anglais, pilotés par des femmes, qui les amènent à Bruxelles. Les Belges accueillent chaleureusement les déportés. Pierre ne se souvient plus comment il a relié Bruxelles à Paris. (Sans doute en avion). Il est dans un état physique très diminué, la mort rôde. Le retour en avion est choisi pour les déportés les plus atteints mais néanmoins transportables. L'arrivée à Paris s'est faite dans « *une grande prairie où beaucoup de gens attendaient* ». (Probablement Le Bourget) « *Chacun cherchait un déporté. Il y avait beaucoup de monde, c'était assez désorganisé. Beaucoup de personne demandait : je cherche untel l'avez-vous connu ? savez-vous quand il rentre ? »*

Le retour

Soudain Pierre aperçoit dans la foule monsieur Vaissier qui était venu dans l'espoir de le trouver. Cet homme était son correspondant lorsqu'il était pensionnaire au Lycée Stanislas à Paris, il tient l'hôtel Le Petit Ritz 22 rue d'Amsterdam. Il prévient les parents de Pierre à Besançon du retour de leur fils. Ses parents n'avaient eu aucune preuve de vie depuis quinze mois. Quinze jours après sa libération la santé de Pierre est d'une extrême fragilité mais il tient vaguement debout. A Paris le comité d'accueil des déportés (Croix-Rouge ?) lui donne un billet de train pour Besançon et … rien...

Aucun accompagnement. Dans une solitude invraisemblable le 1 mai 1945 Pierre Jacquin, 24 ans, rejoint Besançon seul en train. Cadavre ambulant, personne ne lui parle durant ce voyage retour, le retour d'un absent. Les bons français, collabo ou non, ne sont pas prêts à la compassion à l'égard de ces fantômes de l'horreur qui effraient les « braves gens ». Certains voyageurs prennent un air dégouté et s'éloignent de cette ombre décharnée. Paris est libéré depuis huit mois, la vie a repris, la page se tourne. Les français pensent à l'avenir et n'ont aucune attention ni écoute pour ces spectres de la barbarie.

Seuls ses parents l'attendent à Besançon. Depuis plusieurs semaines son père venait tous les jours à la gare, au cas où … A la descente du train Pierre aperçoit son père qui ne le reconnaît pas. Il s'approche et soudain le père prend le fils dans ses bras en pleurant abondamment.

Ses parents veulent le nourrir copieusement et lui servent du champagne. Le décalage est immense… Il n'est pas en état pour honorer ces repas. Pierre n'arrive pas à dormir dans un lit et dort ses premières nuits bisontines par terre, à même le sol. Son jeune frère Claude le lave à plusieurs reprises avec une brosse en chiendent car sa peau est sale et grise. Son visage est verdâtre, couvert de boutons, sa maigreur est extrême. Il n'exprime qu'un souhait : revoir Jacqueline, son amie.

Son amie de cœur Jacqueline Boyer n'est pas à Besançon. Elle est encore en Allemagne, infirmière dans l'armée de libération, elle s'est engagée à la Croix-Rouge et a rejoint l'armée débarquée en Provence en août 1944. L'équipe médicale à laquelle appartient Jacqueline, accompagne les militaires jusqu'en Allemagne. Plusieurs médecins viennent d'Afrique du nord. Jacqueline les trouve autoritaires. Un autre médecin, bisontin, est plus proche et coopère d'égal à égal avec les infirmières, il sera dans les années 70 le fondateur du premier SAMU de France. Les deux infirmières avec lesquelles Jacqueline travaille le plus souvent, sont une canadienne du Québec et une française juive qui partira en Israël après la guerre. Toutes les trois ont tissé de forts liens d'amitiés et s'étaient promis de se retrouver après la guerre. Cela ne s'est pas fait regrette Jacqueline. Chacune concentrera son énergie à reconstruire sa vie, au Canada en Israël et en France. Jacqueline et ses collègues travaillent dans un hôpital de campagne qui suit les premiers combats. Ses souvenirs les plus précis concernent des soldats ayants perdu leurs yeux. Elle n'oublie pas leurs souffrances, et leurs suppliques pour retrouver la vue et calmer leur douleur. Elle garde le souvenir de son impuissance face à leurs globes oculaires béants et ensanglantés. Elle les soulage grâce à des injections mais n'arrive pas à leur dire qu'ils ne verront plus. Avec ses collègues, elle travaille souvent de nuit à la lueur d'une bougie. Il lui est arrivé de faire des piqûres à des morts : elle n'avait pas assez de lumière pour distinguer la vie. Le 8 mai 1945 Jacqueline Boyer, 23 ans, est à Karlsruhe.

Jacqueline 23 ans et Pierre 24 ans se retrouvent fin mai 1945 à Besançon. Pour la jeune femme le choc des retrouvailles est brutal. De 1939 à 1943 elle était amoureuse d'un jeune intellectuel, sportif, fringant et frimant au volant de la voiture paternelle... Elle retrouve en 1945 un fantôme, une « ombre » fragile verdâtre et boutonneuse au regard vide. Elle hésite vraiment ...La Croix Rouge lui propose de partir en Indochine... Elle va réfléchir pendant plusieurs jours... La guerre a ravagé leur jeunesse et leur amour né à 17 et 18 ans en 1939. Sa petite voix intérieure lui dit de partir, qu'il est trop tard. Il ne pourra plus rien se passer avec celui qu'elle a aimé avant guerre, celui-là n'est plus. « Il a vraiment besoin de toi » lui répète son entourage. Le soir, elle pense à lui et comprend qu'il l'appelle, sans rien dire il l'appelle. Elle n'arrive pas à l'abandonner. Elle sent, elle sait qu'il faut l'aider à vivre, à quitter sa famille.

Finalement, au mois d'août 1945, Pierre et Jacqueline vont aller ensemble se reposer au bord du lac de Malbuisson près de Pontarlier. La ville de Besançon aide aux repos des déportés récemment rentrés de l'horreur. Il y en a beaucoup à Besançon. Au bord du lac, dans cette jolie campagne franc-comtoise du mois d'août, ils vont tous les deux apprivoiser lentement à nouveau la vie.

Jusqu'au dernier souffle

A quatre-vingt- quinze ans, Pierre atteint de la maladie d'Alzheimer, n'a plus aucun souvenir hormis ceux de la torture et de la déportation. Ces souffrances du passé l'ont tourmenté jusqu'à son dernier souffle. Sur son lit d'hôpital, il nous rappelle en allemand son numéro de matricule.

Durant ses derniers mois, il évoque également souvent Goethe et Schiller, le poète rebelle, qu'il a étudié avec plaisir dans sa jeunesse. Il nous récite en allemand la loreleï d'Heinrich Heine poème où se mêlent la beauté et la mort... Malgré sa maladie, Pierre, 95 ans, s'interroge encore. *« Comment une culture aussi belle a-t-elle pu engendrer une horreur aussi effroyable ? »*

Le mal n'est donc bien évidemment pas allemand. Il est tristement universel, enfoui au fond de chaque individu et surgit sans prévenir. La frustration, le désir de vengeance, les failles identitaires, l'instinct grégaire sont probablement, entre autres, des révélateurs. Peut-être la culture, la connaissance, la spiritualité, la parole, le partage, la démocratie, la justice peuvent-ils aider l'être humain à retrouver son humanité.

Puisse le souvenir de mon père nous éclairer doucement.

POUR ALLER PLUS LOIN

L'AIGLE SUR DORDOGNE de Jean-Louis Salat
QUOTA éditeur 1987

L'AIGLE un barrage dans la résistance Vidéo de Bernard David
CAVAZ - EDF – Direction de la communication septembre 1998

L'ACAD l'amicale des Compagnons de l'Aigle sur Dordogne
lesmaquisdubarragedelaigle-letimbre.fr/le-maquis/

HISTOIRE DU CAMP DE DORA de André Sellier
Editions la découverte 1998

SHD www.servicehistorique.sga.défense.gouv.fr

SHD VINCENNES : Pierre JACQUIN dossier gr 16 P 304549
Roger JACQUIN dossier gr 16 P 304558
SHD CAEN : Pierre JACQUIN dossier AC 21 P 57 52 84

USINE HYDROELECTRIQUE DE LA BATIE SAVOIE
https://vpah-auvergne-rhone-alpes.fr/ressource/la-centrale-
hydroelectrique-de-la-bathie

« A PROPOS D'UNE DEPORTATION ... POUR LA MEMOIRE »
Pierre Jacquin 1995

« HELENE » Jacqueline BOYER 2000

FMD Fondation pour la Mémoire de la Déportation
https://fondationmemoiredeportation.com/

**FNDIRP Fédération Nationale des Déportés et internés, Résistants et
Patriotes** www.fndirp.fr/

Association française Buchenwald Dora et Kommandos
https://asso-buchenwald-dora.com/

Quelques écrits àpropos des enfants de survivants

LE TRAUMATISME EN HERITAGE de Helen Epstein
1979 – 2005- Folio essais 2012

DES DEMONS SUR LES EPAULES de Elizabeth Rosner roman
Mercure de France 2001

VOYAGE DE L'ENFANCE de Jean-claude SNYDERS   récit
PUF Presses Universitaires de France 2003

ENFANTS DE SURVIVANTS de Nathalie ZAjde
Odile Jacob 2005

LA PLUS BELLE de Béatrice Bantman   roman
Editions Denoël 2007

LES DISPARUS de Daniel Mendelsohn
Flammarion 2007

SURVIVRE A LA SURVIE article de Véronica Estay-Stange
Revue ESPRIT octobre 2017

SECRET PARTAGE...JUSQU'OU ?
Revue MEMOIRES du centre Primo Lévi n°69 mars 2017

FAIRE FAMILLE APRES LA VIOLENCE
Revue MEMOIRES du centre Primo Lévi n°74 mars 2019

Editions BoD   2019

Books on Demand GmbH
In de Tarpen 42
22848 Norderstedt ALLEMAGNE